Das unheimliche Gasthaus

Wahre Begebenheiten
märchenhaft erzählt

Gitta Glöckner

Buch

Ein deutschlandweit bekanntes und gern besuchtes Hotel in einem Rundlingsdorf im Wendland ist der tragische Mittelpunkt von Ereignissen zwischen dem Personal und dem Betreiber. Das Geschehen rund um die einzelnen Sparten im Hotel- und Gastbereich wird überhöht in Märchenform erzählt, da es sich zum Teil um aktuelle Vorfälle handelt und diese in einem anderen Format schwer aufzuarbeiten wären. Im Märchen siegt außerdem immer die Liebe. Das Böse wird bestraft und das Gute wird belohnt.

Autorin

Die Autorin, hat im Laufe der Zeit vier Berufsausbildungen absolviert. Als kreativer Kopf liebt sie die Abwechslung und ist vielseitig interessiert. So hat sie an einem Berliner Institut nach dem Studium als Diplomkristallographin gearbeitet. Da der Kontakt zu und das Gespräch mit anderen schon immer ein wesentlicher Bestandteil ihres Lebens war, folgte der Wechsel ins Restaurantfach. Mit der Ausübung dieses Berufes finanzierte sich die Autorin ihre Reisen nach England, der Schweiz, Italien und Griechenland. In diese Zeit fällt auch die Ausbildung zur Autorin. Der Vollständigkeit halber ist die aktuelle Ausbildung zur Wellnesstherapeutin noch zu nennen.
Die letzten drei Jahre verbrachte die Autorin im Wendland.
Hier entstanden nun auch die neuen Geschichten, über die die Autorin selber sagt:"Mit ein wenig Groll im Herzen schreibt es sich besonders gut."

Bibliografische Information der Deutschen Nationalbibliothek:
Die Deutsche Nationalbibliothek verzeichnet diese Publikation in der
Deutschen Nationalbibliografie; detaillierte bibliografische Daten sind im
Internet über dnb.dnb.de abrufbar

ISBN:9783748189671

Danksagung

All diese Geschichten sind aus einer wahren Begebenheit entstanden.

Ich bedanke mich bei **Hanna, Helga, Annegret, Emily, Melissa, Sarah, Betty, Carsten, Gabi und Gabi, Nora, Dagmar, Isabella, Kerstin, Luca, Horst und Gorden**.

Danke, dass ich Euch kennenlernen durfte. Eurer Freundlichkeit und Fröhlichkeit, eurem Mut und täglichem Arbeitseinsatz, eurem Durchhaltevermögen und Zusammenhalt sind diese Erzählungen mit Liebe gewidmet.

Ihr gehört nun alle für immer in meine ganz persönliche Erinnerungskiste.

Inhalt

Das Wiedersehen

Auf dem Weg in meine Küche flog mir ein Kissen an den Kopf. Mit einem enthusiastischen Umschwung fing ich gleichzeitig das Kissen auf.

„Peranticus! Bist du endlich mal wieder da!"

Ich freute mich riesig, hatte mein kleiner Hausfreund doch lange mit seiner Abwesenheit geglänzt.

„Wir sprechen uns heute Abend,ja?"

Mein buntes Schaltuch schwebte mir entgegen und legte sich sanft um meinen Hals.

War noch etwas zu besorgen?

Ich warf einen Blick in die Speisekammer. Wein war noch da, reichlich, weil selbst hergestellt. Mal sehen, was er dazu sagen würde. An der zweiten Zutat des Abends mangelte es jedoch. Ich stürzte noch mal los.

Am Abend bereitete ich den Tisch vor, deckte ihn nett ein, stellte die Flasche und die Schale in die Mitte.

Ich goss den Wein ein und schon saß er vor mir, mein lieber Zwerg und Hausgeist.

„Wein! Wie schön! Das ist doch welcher, oder?"

„Natürlich, er ist nur nicht rot. Probier ihn. Falls er dir nicht mundet, hole ich dir eine andere Flasche."

Vorsichtig nippte Peranticus am Glas. Wie immer war es in seiner kleinen Hand auf seine Nutzgröße geschrumpft.

„Mhm, nicht schlecht, gar nicht übel. Und welche Schokolade gibt es heute?"

„Mir sind die Rumkugeln in die Finger gefallen."

„So, so. Rumkugeln zum Rumkugeln. Das ist ja wohl zum Rumkugeln!"

Leise lachend schob er sich eine in den Mund.

Ich rutschte bereits unruhig auf meinem Sessel hin und her.
„Jetzt erzähl` schon. Was gibt es Neues? Was hast du gefunden?"
„Lecker, diese Kügelchen. Warte, eine geht noch.
Ja, ja, ich fang gleich an, meine Liebe."
Der kleine, Wein und Schokolade genießende Kobold spannte mich auf die Folter wie ein Kind vor der Bescherung.
Nach gefühlt ewigen weiteren, in Zeitlupe dahin tropfenden Minuten, rutschte er auf der Couch zurück, lehnte sich an, schlug kokett die Beine übereinander und strich sich sein Jäckchen glatt.
„Heute habe ich gleich eine ganze Sammlung mitgebracht, meine Liebe. Einfach unglaublich! Du wirst mich verstehen, wenn ich mit meinen Erzählungen fertig bin.
Eine Sammlung deshalb, weil alle Geschichten am selben Ort spielen. Schenke mir noch einmal ein, dann entführe ich dich in ein Dorf, nicht weit weg von hier."
Ich beeilte mich mit dem Nachschenken und reichte ihm das Glas.
„Danke, meine Liebe! Es tut gut, wieder einmal bei dir zu sein. Doch nun höre meine erste Geschichte.

Die Brotbackfrau

Es war einmal ein uraltes kleines Rundlingsdorf. Es lag versteckt zwischen hohen Tannen und mächtigen Bergen in einem stillen Tal. Ein Weg nur führte hinein und nur einer auch wieder hinaus.
In diesem Dörfchen nun stand zwischen all den wenigen anderen Häuschen eines, das hatte kein Tor. Jeder konnte, wenn er wollte, einfach so den Hof betreten. Das war von der Besitzerin des Gutes so gewollt. Denn an ihrem Eingang zum Gehöft hing ein

großes, weithin sichtbares Schild mit der Aufschrift „BROT".

Hier wohnte Anna, die Brotbackfrau.

Jetzt fragt ihr euch vielleicht, wer denn in diesem so weitab liegenden Dorf Brot kaufen sollte, außer den anderen Rundlingsbewohnern. Ich sage es euch.

An diesem abgeschiedenen Plätzchen wohnte auch ein reicher Herr. Der führte eine Gastwirtschaft. Kaufleute, die ihre Waren feil boten, feine Herrschaften, die durch die Welt reisten, Wanderburschen und Studenten, machten hier Halt für wenige Stunden, eine Nacht oder gar mehrere Tage.

Alle diese Besucher kosteten das Brot von Anna. Der Gastwirt nämlich bestellte bei ihr regelmäßig ihr Brot, um seine Gäste zu den Mahlzeiten verwöhnen zu können.

Er bestellte sein Brot nicht bei der Brotbackfrau, weil er sie unterstützen wollte. Er selbst aß nicht einmal ihr Brot, war es doch dunkel und fest. Er selbst aß nur das Brot der reichen Leute, ein feines weiches weißes Brot.

Für seine Gäste dagegen meinte er, sei das dunkle Brot völlig ausreichend.

Viele der Reisenden kamen denn auch zu Anna, um Brot zu bestellen. Sie nahmen es mit als Wegzehrung oder brachten es mit zu den Lieben nach Hause. Der eine oder andere verkaufte es auch gewinnbringend unterwegs.

Der Gastwirt war ein geiziger Mensch. Für ihn war nur wichtig, wie viel Geld ihm die Leute einbrachten und wie viel er bei seinen täglichen Ausgaben eventuell noch sparen konnte. Das Brot von Anna musste freilich auch bezahlt werden.

Die Brotbackfrau buk schon fast ein ganzes Leben lang Brot für den Gastwirt, den sie bereits seit seiner Geburt kannte. Sie hatte ihn aufwachsen sehen. Damals war Anna auch noch eine sehr junge Frau gewesen.

Heute war sie gebeugt vom Alter, zumindest was den Körper

anbelangt. Die tägliche schwere Arbeit auf dem Hof hatte ihre Spuren hinterlassen, wie bei einem uralten Baum mit seinen Zeichnungen in der Rinde und seinem vom Wind des Lebens gebeugten Stamm.

An einem der folgenden Abende saß der Gastwirt über seinen Rechnungen und zählte sein Geld.

Er rief seine Hausdame.

„Wir haben diese Woche sehr viel Geld für dieses dumme schwarze Brot ausgegeben!"

„Verzeiht, Herr. Wir hatten sehr viele Gäste, darunter etliche, die uns schon sehr lange beehren. Die wiederum wollen nur Anna`s Brot essen. Deshalb haben wir so viel bestellen müssen."

„Schwachsinn! Ab sofort backen unsere Köche ein dunkles Brot. Kann ja nicht so schwer sein. Wofür bezahle ich die denn? Sie sollen morgen früh gleich damit beginnen. Zu Mittag möchte ich es probieren."

So buken die Köche das Brot. Der Herr kostete.

„Das ist völlig ausreichend für all unsere Gäste. Die sollen froh sein, dass ich mir so viele Gedanken um ihr Wohl mache."

Fortan gab es nur noch das Brot der Köche zu den Mahlzeiten.

Anna wunderte sich, dass niemand mehr kam, um ihr Brot zu kaufen. Selbst die Stammgäste aus der Gastwirtschaft verzichteten auf einen Besuch bei ihr.

Sie buk nur noch sehr wenige Brote. Ihre Einnahmen gingen zurück. Bald wusste sie nicht mehr, wie sie sich versorgen sollte. Sie hatte nur noch die wenigen Dinge, die in ihrem Garten wuchsen. Bald fehlte das Geld, um das Mehl für ihr Brot zu kaufen.

So machte sie sich auf und besuchte den Wirt.

„Herr, warum bestellt ihr kein Brot mehr bei mir?"

„Ich brauche es nicht, dein dummes Brot."

„Eure Gäste haben es sehr gern gegessen."

„Die essen jetzt meines!"

„Bitte, Herr, ich lebe vom Brot backen."

„Dann back doch einfach was anderes. Außerdem hast du ja noch die ganzen Dorftrottel. Die können doch bei dir kaufen, altes Weib."

Mit einer herrischen Geste wischte der Gastwirt die Brotbackfrau aus der Tür.

„Schluss jetzt! Was geht es mich an, ob du hungerst oder backen kannst!"

Anna verließ den Gastraum und betrat den Hof. Hier kam ihr ein gut gekleideter Herr entgegen. Sie erkannte ihn. Es war der Schneider aus der Stadt, der früher jedes Mal ein Brot von ihr mitgenommen hatte für seine Frau.

„Oh, einen guten Tag wünsche ich Ihnen, Frau Anna. Schade, dass Sie nicht selbst ihr Brot hier verkaufen. Ich muss eilen und noch eines erwerben, bevor ich weiter fahre."

Anna folgte dem Schneider mit den Blicken. Der lief raschen Schrittes über den weiten Hof bis zur Scheune. Langsam folgte Anna ihm. Was sie dann sah, raubte ihr den Atem.

Direkt neben dem Tor war ein großer Tisch aufgebaut. Auf dem türmten sich Brote.

Gäste der Wirtschaft kamen und gingen, befingerten jeden Brotlaib einzeln, bevor sie sich für einen entschieden.

Über dem Tisch hing eine riesige schwarze Tafel. Auf der stand mit weißer Kreide geschrieben:

„Anna`s selbstgebackenes Brot, ofenfrisch!"

Anna musste sich an der Scheunenwand abstützen.

Ein heftiger Schmerz breitete sich vom Herzen ausgehend in ihrem ganzen Körper aus. Lange stand sie da und starrte auf die Szenerie vor sich. Sie konnte nicht glauben, was sie erlebte. Nicht nur, dass der Gastwirt sein eigenes Brot verkaufte, nein, er belog seine Gäste und veräußerte es in ihrem Namen.

Der Gram über den Verrat des Gastwirtes legte sich schwer wie ein Zentnersack Mehl auf die Schultern der Brotbackfrau. Langsam nur, Schritt für Schritt, mit scheinbar bleiernen Schuhen an den Füßen, lief sie in Richtung ihres Hauses. Tränen der Verzweiflung verschleierten ihren sonst so klaren Blick.

Zu Hause angekommen, legte sie sich in ihr Bett.

War es nicht besser, das Leben hier zu beenden?

Diesen Kampf konnte sie nicht gewinnen.

Plötzlich zog ein ihr bekannter Duft durch ihre Kammer, ja, das ganze Haus.

Es roch nach frisch gebackenem Brot.

Aber ihr Backofen war kalt.

Anna erschrak, als eine Stimme erklang, so tief und dunkel wie ihr Sauerteigbrot.

„Guten Tag, liebe Anna. Warum bist du so traurig? Warum backt kein Brot in deinem Ofen? Warum knetest du keine Brotlaibe?"

„Wer ist das? Wer spricht mit mir? Deine Fragen klingen so, als würde dir mein Schicksal wirklich nahe gehen."

„Das tut es durchaus. Ich bin der Geist des Backens und überall da zu Hause, wo herrliche, duftende Leckereien aus Mehl und anderen Zutaten entstehen."

Anna hatte sich aufgesetzt.

Vor ihren staunenden Augen materialisierte sich ein uralter Mann mit dunklen schulterlangen Haaren. Er trug eine lange weiße Schürze. Die, sein Hemd und sein zusammengebundener Bart waren mit Mehl bestäubt.

„Du siehst aus, als kämest du gerade aus der Backstube."

Anna lächelte bei ihrer Bemerkung.

„Wie recht du hast, meine Liebe. Als der Geist des Backens bewege ich mich ständig in den Backstuben dieser Erde. Eine

14

kleine Pause kann da jetzt nicht schaden. Darf ich mich setzen?"
Anna nickte und sprang förmlich aus dem Bett.

Der Alte schüttelte sich das Mehl aus Bart und Kleidung.

„Möchtest du etwas trinken, lieber Geist? Vielleicht eine heiße Schokolade?"

„Mhm, sehr gern. Aber während die Milch kocht, berichte mir, was passiert ist."

Die Geschichte war schnell erzählt und Anna war fertig, als sie die Schokolade vor den Geist auf den Tisch stellte.

„Danke dir. Nimm dir auch eine Tasse. Vielleicht noch einen Keks dazu?"

„Entschuldige, Geist des Backens. Ich wollte es dir nicht sagen, aber das war meine letzte Milch. Und Kekse habe ich seit Wochen nicht mehr gebacken."

„Ich wäre nicht der Geist der Bäckerei, wenn ich das nicht wüsste, Anna. Das mit der Milch war nur ein kleiner Test. Gib mir deine Tasse."

Der Geist nahm seine mit Kakao gefüllte Tasse und goss aus ihr den Trank in die zweite. Die füllte sich und trotzdem war die Tasse des Geistes noch genauso voll wie vorher. Plötzlich stand auch ein Teller voller herrlicher Kekse, mit und ohne Schokolade, mit Früchten, mit Marmelade, mit Nüssen verziert, auf ihrem Tisch.

„Greif zu und stärke dich. Was würdest du dir von mir wünschen, wenn du einen Wunsch frei hättest, Anna? Du kannst dir alles wünschen, selbst Jugend und Gesundheit."

„Lieber Geist, ich habe ein langes Leben gelebt mit vielen wunderschönen Erlebnissen. Ich weiß nicht, ob ein weiteres da Sinn für mich macht. Ich würde mir von dir Mehl wünschen, Mehl, damit ich mein Brot weiter backen kann. Und wenn es etwas mehr wäre plus Zutaten, könnte ich noch Stuten backen und ein paar Kekse wären auch nicht schlecht."

„Aber Anna! Wieso Mehl und Backzutaten? Du verkaufst doch

gerade überhaupt nichts mehr. Wer soll das dann nachher tun?"
Die Brotbackfrau Anna lachte fröhlich.

„Ich kann doch anderes Brot backen, neue Rezepte würde ich ausprobieren. Ich bin sicher, dass ich dann auch neue Käufer finden werde."

„Anna, du bist voller Optimismus und Zuversicht und Backen ist deine Leidenschaft.

Ab heute sollst du so viel Mehl haben, wie du brauchst, und Zutaten, was auch immer du benötigst. Es wird alles da sein und niemals ausgehen. Dazu verrate ich dir ein Geheimnis. Es sind eigentlich zwei geheime Zutaten. Ohne es zu wissen, verbäckst du sie jedoch bereits in deinen Broten.

Dein Kakao war lecker. Ich habe mich ausgeruht. Was hältst du davon, wenn wir beide noch ein wenig zusammen backen?"
Annas leuchtende Augen waren Antwort genug.

Bis spät in die Nacht brannte das Licht in Anna`s Küche. Die Wohlgerüche der Bäckerei umwehten das Haus. Ein Rundlingsbewohner, der noch auf dem Heimweg war, riskierte einen Blick durch das Küchenfenster der Brotbackfrau. Lange hatte man sie nicht so reden, geschweige denn lachen hören.

In der Küche war nur Anna zu sehen. Sie buk wieder. Bleche voller dunklem und weißem Brot standen herum. Sogar Kekse entstanden unter ihren Händen. Anna schaute auf und sah den Mann vor ihrem Fenster. Ehe der fort konnte, hatte sie wie mit Zauberhand das Fenster geöffnet.

„Grüß dich, Jakob. Kommst jetzt vom Schaffen, nicht wahr?"
Der Mann im nächtlichen Dunkel konnte nur nicken.

Anna griff sich ein Brot und reichte es ihm durch das Fenster.

„Hier, für dich. Frisch aus dem Ofen. Schick deine Kinder morgen vorbei, dann sind auch die süßen Sachen fertig."
Überrascht bedankte sich Jakob bei Anna und lief nach Hause.
In der Küche schloss der Geist des Backens das Fenster wieder.

„Er hat bestimmt gedacht, ich rede mit mir selber. Lustig. Lass uns weitermachen!"

Der Geist trat auf sie zu und nahm ihre Hände in seine.

„In diesen deinen Händen liegt das erste Geheimnis, dass ich dir verraten möchte. Es ist dein Fleiß, deine Rührigkeit, die in deinem Brot zu schmecken sind. Die zweite geheime Zutat aber kommt von hier, deinem Herzen. Da kann der Geizkragen von drüben nicht lange gegen halten. Er sowieso nicht und seine Köche können gar nicht mit deiner Liebe backen. Sie haben viel zu viel anderes um die Ohren.

Du liebst, was du tust. Das Backen erfüllt dich mit Spaß und Freude und du schenkst gern, gibst gern von dem ab, was du hast. Dadurch füllst du deine Brote mit all diesen Dingen. Du bäckst das Glück hinein. Deshalb schmecken deine Brote so unverwechselbar. So lange du so fühlst, so lange backe. Es hält dich jung und gesund. So lange dieses Glück bei dir wohnt, so lange schmecken deine Backwaren so unvergleichlich gut. Die Menschen fühlen die Besonderheit, schmecken das Geheimnis, ohne es je zu lüften. Aber sie werden dein Brot deshalb lieben und immer kaufen."

Anna`s Wunsch und die Voraussagen des Geistes erfüllten sich. Die Menschen standen Schlange, um das so leckere Gebäck, die besonderen Brote zu erwerben. Selbst der geizige Gastwirt bestellte wieder bei ihr, nachdem seine Gäste sich allesamt beschwert hatten wegen seines Betruges. Nur war Anna`s Brot nun doppelt so teuer.

Von Zeit zu Zeit schien in Anna`s Küche mehr los zu sein als normalerweise. Ihr Lachen flog über die Dächer im Rundlingsdorf. Doch nur sie selber konnte ihren Gast sehen.

Ich war da und habe ihr Brot gekostet. Glaubt mir, es schmeckt tatsächlich nach Liebe und Glück und viel viel mehr. Ihr solltet es selber probieren. Den Geist des Backens habe ich leider nicht angetroffen, aber ein unverwechselbarer Duft nach unbekannten und geheimnisvollen Backzutaten lag in der Luft.

„Nun, habe ich dir zu viel versprochen?"
Ich verdrückte mir eine Träne.
„Wunderschön hast du wieder erzählt, Peranticus! Sag, was ist das Besondere an diesen Geschichten von heute?"
„Die Menschen erzählen sie sich mit sehr viel Ehrfurcht. Und wenn du sie fragst, berichten sie übereinstimmend, dass alle in den Geschichten vorkommenden Personen wirklich gelebt haben."
„Aber du kennst das doch aus eigenem Erleben, wenn ich dich an den Fluch des Töpfers erinnern darf."
„Da magst du ja richtig liegen, in meinem Fall. Ich bin aber selbst ein Wesen der Phantasie. Deshalb ist es schon erstaunlich, dass sich so viele Menschen in diesem Punkt einig sind und das so auch verbreiten.
Peranticus leerte sein Glas und nahm sich noch die letzte Rumkugel aus der Schale.
„Wenn du nichts dagegen hast, würde ich jetzt gern ein wenig schlafen. Ich muss auch meine Mitbringsel sortieren und in die Kiste packen. Wir machen morgen Abend weiter."
Ich nickte und entließ meinen kleinen Supererzähler nur ungern in seine Welt.
Die Kiste, richtig. Ich schaute noch einmal schnell hinter die Couch. Da stand sie, scheinbar unberührt. Es fühlte sich gut an, daran zu denken, wie er wieder einige seiner Erinnerungsstücke hinein packen würde, damit er in seinem unendlichen Leben

keine seiner gefundenen Geschichten jemals vergessen würde.
Ich löschte das Licht.

Zeitig am nächsten Abend polterte der Hausgeist im Wohnzimmer herum.
Ich beeilte mich mit dem Wein und dem Süßkram.
Kaum berührte der erste Tropfen des Rotweines den Glasboden, saß der Märchenerzähler schon wieder vor mir. Ohne zu zögern griff er in die Schale mit den Leckereien.
„Oh, Nougat, phantastisch! Ich liebe Nougat! Du hast es nicht vergessen."
„Dafür hast du es heute eilig, mein Freund."
„Diese Geschichten sind so verblüffend, ich muss sie dir einfach erzählen. Heute soll es um die hohe Kunst des Kochens gehen. So höre:

Die Zauberköche

Eines Tages erreichten zwei junge Männer das Gasthaus im Rundling. Sie waren zusammen in die Kochlehre gegangen. Weil sie sich gut verstanden, hatten sie beschlossen, zusammen durch die Welt zu ziehen.
Der Gastwirt suchte gerade einen Koch. Nach einiger Überlegung sagte er zu, beide Männer zu nehmen. Er verhandelte klug, aus

seiner Sicht, und zahlte letztlich für beide nur unwesentlich mehr als für einen Arbeiter.

Die beiden Freunde, Markus und Morten, waren es erst einmal zufrieden, ein Dach über dem Kopf zu haben und eine, wenn auch schlecht bezahlte Arbeit. Zu lange schon waren sie auf Wanderschaft und wollten gern eine Pause einlegen. Die Aussichten auf ein weiches Bett und eine warme Küche ließen sie nicht lange zögern.

Das Gasthaus lag, wenn auch nicht direkt, so doch an einer stark bereisten Straße. Viele der Gäste kamen regelmäßig auf ihren Touren hier vorbei. So war das Haus immer relativ gut gefüllt.

Markus und Morten stürzten sich in die Arbeit. Schnell waren sie mit allem vertraut. Die Küche des Hauses war dafür bekannt, dass die Speisen frisch zubereitet wurden.

Die beiden Gesellen waren von einem Meister seines Fachs ausgebildet worden.

Die Arbeit war hart. Sehr schnell ließ der Gastwirt seine Maske fallen. Die zwei arbeiteten von morgens bis spät in die Nacht. Gegessen wurde, wenn überhaupt, zwischendurch. Mal hier ein Happen, mal da ein Bissen. Das so schöne weiche Bett erlebten sie nur für wenige Stunden in der Nacht. Freizeit kannten sie nicht.

Zu der alltäglichen Zubereitung der vielen Speisen auf der Karte kamen noch die Sonderwünsche des Hausherren dazu.

Jeden Tag musste ein neues Gericht gekocht werden, eines, was er noch nicht kannte.

Jeden Tag bestellte er dann sein Mittagessen, wenn die Küche am meisten zu tun hatte.

Er bestellte mit Vorliebe solch Dinge, die nicht gerade in den Pfannen und Töpfen köchelten.

Er verlangte, dass die beiden Brot und Brötchen buken, die er probierte und fast nie für gut genug befand.

Die Jungköche versorgten nicht nur das Restaurant mit warmem Essen. Auch im riesigen Garten standen Tische und Stühle und die waren auch jeder Zeit gut besetzt.

Und es gab einen Saal in der alten Scheune. Hier fanden private Parties der besser Betuchten statt.

Die Küche verfügte aber nur über fünf Kochstellen. Das interessierte den Hausherren wenig. Täglich schob er Bestellungen über Bestellungen, Parties über Parties in die Räumlichkeiten hinein.

Die Jungs hatten bereits einige Zeit im Gasthaus gearbeitet.

Eines Nachts, nachdem auch die Küchenreinigung endlich abgeschlossen war, setzten sie sich gemeinsam auf die Bank vor der Küche. Sie waren beide noch zu aufgekratzt, um schlafen zu gehen.

„So eine Schufterei wieder!"

„Ja, und wir machen nur, was der Herr will. Ich würde gerne einmal andere Dinge ausprobieren."

„Machst du doch schon jeden Tag, Morten, oder etwa nicht?"

„Schon, aber der Geizkragen schränkt uns ein und wenn es zu teuer wird, dürfen wir das Gericht erst gar nicht zubereiten, Markus."

„Dazu schaut er uns ständig auf die Finger, kontrolliert, dass wir nicht zu viel bestellen -"

„Und dann knallen wir diese dämlichen Brötchen dauernd in die Tonne!"

„Richtig, wo so viele Leute hungern."

„Er gönnt es nicht einmal den Schweinen."

Markus und Morten versanken in einem gemeinsamen nachdenklichen Schweigen.

„Du, Markus, sag mal -"

„Sag."

Morten stieß seinen Freund in die Seite.

„Jetzt mal ehrlich. Willst du hier bleiben?"

„Es wird Winter, mein Freund. Vergiss das nicht."

„Ach, wenn wir nur jemanden fragen könnten, was richtig ist. Bleiben für diesen Hungerlohn, um es im Winter warm zu haben oder weiterziehen und eventuell ganz ohne Arbeit und Unterkunft zu sein."

Markus stutzte bei den Worten seines Kameraden.

„Hat nicht unser Meister gesagt, wir könnten ihn jeder Zeit um Hilfe bitten?"

„Tatsächlich! Warum haben wir nicht schon viel eher daran gedacht?"

„Weil wir vor lauter Arbeit an nichts anderes denken konnten."

„Aber wie fragen wir ihn? Er ist so weit entfernt von uns."

„Ich bin immer nur einen Gedanken von euch entfernt."

Markus und Morten sprangen überrascht von ihrer Bank auf.

Vor ihnen stand ihr Meister.

„Aber, aber, das ist Zauberei!"

„Recht hast du, Morten. Ihr habt eure Ausbildung bei einem Zauberer gemacht. Ich bin der Meister der Küche. So wie ihr heute, hatte ich damals als junger Mann das Glück, einen ebensolchen Meister zu treffen. Er hat mir nicht nur beigebracht gut zu kochen, er hat mich auch ein wenig in Magie unterrichtet. Das Kochen habt ihr bei mir hervorragend gelernt. Hier habt ihr auch bewiesen, dass ihr arbeiten wollt und könnt. Ich denke, es ist an der Zeit, ein wenig Magie in diese Küche zu bringen. Wir sehen uns."

„Wo, wo ist er hin? Wieso ist er verschwunden, wenn er uns doch helfen will?"

„Keine Ahnung. Wir können nur abwarten. Lass uns jetzt zu Bett gehen, die Nacht ist gleich vorüber."

Am nächsten Morgen erwartete die beiden eine Überraschung. Der Gasthausbesitzer kam in die Küche, in Begleitung des Meisters.

Markus verschluckte sich vor Aufregung an seinem Brötchen.

„Vor der Arbeit schon essen? Aber gut. Hier ist Verstärkung für euch. Da in den nächsten Wochen mit sehr vielen Besuchern zu rechnen ist, dachte ich, es kann nicht schaden, noch einen Koch einzustellen. Macht ihn mit allem vertraut und dann an die Arbeit!"

In der Tür drehte sich der Herr noch einmal um.

„Wie heißt du, Neuer?"

„Heinz, ich heiße Heinz."

Markus und Morten hatten so viele Fragen, aber der Meister winkte ab.

„Wir dürfen keine Zeit verlieren. Lasst uns mit dem Unterricht anfangen."

„Jeder Zauber, den ich euch beibringen werde, funktioniert nur so lange, wie ihr das Feuer der Freude für die Küche und das Kochen in euch tragt. Verliert ihr eines Tages dieses Feuer, verliert ihr auch eure Zauberkraft. So viel dazu. Doch nun schaut und hört zu und lernt!"

Fleißig und achtsam lernten die beiden Freunde. Mit jedem neuen Zauber wuchs die Freude an ihrer Arbeit, was wiederum den Meister mit Stolz erfüllte.

Markus sollte Kartoffeln schälen für eine große Gesellschaft.

„Sieh her, es ist ganz einfach. Sprich mir nach:

Lieber Schäler schäl',
was ich dir auserwähl',
heut' soll's die Kartoffel sein,
putz' sie sauber, schnell und fein!"

Markus, der den Schäler in der Hand hielt, wiederholte die Worte des Meisters und siehe da, der Schäler entschlüpfte seinen Fingern und machte sich von allein über den Berg Kartoffeln her.
Morten bereitete das Gemüse vor.
„Geht das hier auch?"
„Natürlich. Höre und lerne:

Liebes Messer schneid'
mit aller Geschwindigkeit,
das, was du hier vor dir hast.
Gönn' dir dabei keine Rast.

Probier es aus, mein Junge."
Auch Morten wiederholte brav die Worte. Das Messer zuckte in seiner Hand.
„Du musst es schon los lassen, damit es arbeiten kann."
Morten sah auf seine Hand und öffnete die verkrampften Finger nur ein wenig. Das Messer sprang heraus und begann mit der Arbeit.
Staunend beobachteten die zwei Burschen das Geschehen.
„Weiter geht's! Wir brauchen Feuer für unsere Suppe!

Feuer zünde, mach dich heiß,
auf das wir kochen mit Freud' und Fleiß!
Suppe ist des Koch's Begehren,
brenne heiß, kannst es nicht verwehren!"

Die Herdflammen entzündeten sich und fröhliche Flammen warteten auf die Töpfe und Pfannen.

Während Morten eher verhaltene Freue zeigte, lachte Markus laut und herzlich und schlug sich vor Freude auf die Schenkel, dann auf die Schulter seines Freundes.

„Mensch, Morten, so macht Kochen Spaß!"

Der zuckte erst zusammen, dann stimmte er in den Jubel ein.

Plötzlich flog die Küchentür auf. Die Hausdame stand in der Tür.

„Was gibt es? Was ist los? Warum macht ihr so einen Lärm?"

Die Burschen verstummten erschrocken und sahen sich verstohlen nach dem Schäler und dem Messer um. Doch beide lagen ruhig da. Der eine auf den restlichen, noch zu schälenden Kartoffeln, der andere neben dem fertig geschnittenen Gemüse.

„Entschuldigt, ich habe nur einen kleinen Küchenwitz erzählt."

„Sie sind der Neue, Heinz, nicht wahr. Gut, gut, ist ja nichts einzuwenden gegen ein wenig Spaß bei der Arbeit. Aber mäßigt euch das nächste Mal."

Sie schloss die Tür, nicht ohne einen strafenden Blick auf alle drei Köche zu werfen.

„Da habt ihr gleich die nächste Lektion gelernt. Wann immer jemand die Küche betritt, müsst ihr so geistesgegenwärtig sein, dass ihr mit einer kurzen Handbewegung, von rechts nach links wedelnd, wie ein Schnitt etwa, die Bewegungen der Dinge unterbrecht."

Die Arbeit ging den Jungs flott von der Hand. Sie lernten jeden Tag mehr und mehr von ihrem Meister und entwickelten mehr und mehr Begeisterung für ihr Können.

Waren sie vor dem Erscheinen ihres Meisters jeden Abend ausgelaugt von der Arbeit in der Küche, waren sie nun auch nach einem langen Arbeitstag noch guter Laune. Das konnte natürlich nicht verborgen bleiben. Der Herr machte sich Gedanken, grübelte und fragte seine Hausdame, ob sie wüsste, was in der

Küche vorginge. Aber auch die hatte keine Ahnung, lief doch alles scheinbar seinen normalen Gang.

Eines Tages unternahm der Herr seinen täglichen Rundgang durch Haus und Hof. Dabei erwischte er einen kleinen Jungen, der gerade dabei war, ein paar Kartoffeln von seinem Acker zu stehlen.

Der Junge war so in das Ausgraben vertieft, dass er seinen Feind nicht bemerkte. Der Gastwirt packte den Armen am Kragen seiner Jacke, deren Taschen schon kräftige Beulen aufwiesen.

„Hab' ich dich erwischt, Bengel!"

Er schüttelte ihn durch und dabei fielen einige der Kartoffeln wieder aus den Taschen auf die Erde.

„Verprügeln sollte ich dich, windelweich schlagen!"

Der Herr hob die Hand, als ihm plötzlich eine Idee kam.

Abrupt ließ er das Kind fallen. Er beugte sich hinunter und sein Zeigefinger durchbohrte die Luft unmittelbar vor der Nase des Jungen.

„Hör' zu. Ich vergesse das Ganze heute hier und du kannst sogar die Kartoffeln behalten, wenn du herausbekommst, warum meine Köche jetzt immer so gut gelaunt und überhaupt nicht mehr müde sind."

Der Knabe nickte unter Tränen, hatte er sich doch beim Fallen die Hand verletzt und Angst vor dem Wirt hatte er sowieso.

„Lass' mich nicht zu lange warten, du kleiner Gauner."

Zwei Tage später fand der Herr den Jungen, auf ihn wartend, am Feldrain vor.

Der Bub war total außer sich. Er berichtete, was er gesehen hatte.

„Du lügst doch! Das glaube ich nicht!"

„Doch, Herr, es ist so, wie ich sage."

„Zeige es mir, ich will es mit eigenen Augen sehen!"

Der Junge führte ihn zu den Büschen vor den Küchenfenstern.

„Von hier sieht man den größten Teil der Küche ein, vor allem den

Herd, das ist wichtig."

Gemeinsam warteten der Junge und der Herr auf das so beschriebene ungewöhnliche Geschehen.

Lange mussten sie sich nicht gedulden. Erst sah der Wirt die allein schwebenden, schneidenden, schälenden, klappernden Küchengeräte. Das verwunderte ihn bereits stark. Dann hörte er den Jungen aufgeregt flüstern.

„Jetzt, Herr, jetzt geht es gleich los."

Was der Gastwirt dann sehen konnte, war nicht von dieser Welt. Er wischte sich mehrmals über die Augen, aber das Bild blieb.

Was sah er wohl?

Seine Augen erblickten seine drei Köche, denen urplötzlich noch mehr Arme wuchsen. Jeder von ihnen besaß von einem Moment zum nächsten sechs davon. Jeder einzelne dieser achtzehn Arme tat etwas, etwas anderes, schwenkte eine Pfanne, hielt oder füllte einen Teller, rührte die Suppe, übergoss das Fleisch, knetete den Teig, schlug die Eier auf…

„Das ist Zauberei, nein Hexerei!"

Der Junge sah ihn von der Seite an.

„Glaubt ihr mir nun, Herr?"

„Ja,ja, du kannst gehen, aber lass' dich nie wieder erwischen und wehe du verrätst jemandem, was du hier gesehen hast!"

Flink wie ein Häschen, was dem Fuchs gerade noch einmal entkommen war, sprang der Knabe über die Büsche und verschwand hinter dem Haus.

Der Herr starrte immer noch gebannt auf seine Köche mit den vielen Armen.

„Das ist Hexerei, aber das will ich auch können!"

In der Küche spürte der Meister den stechenden Blick aus der Ferne, der angefüllt war mit entsetzlichem Hass und gleichzeitiger Gier. Er ließ sich erst einmal nichts anmerken, arbeitete weiter mit seinen Schülern und erfreute sich an deren Freude und

Können.

Als die Arbeit getan war, nahm er die beiden Freunde beiseite.

„Während wir heute mit unseren Zusatzarmen fleißig waren, hat der Gastwirt, euer Herr, uns beobachtet. Verraten hat ihn seine negative Energie, die er ausgestrahlt hat. Um so etwas empfangen zu können, braucht es ein wenig mehr Training. Ich habe nichts gesagt, um ihm nicht zu zeigen, dass wir es bemerkt haben."

„Was sollen wir jetzt tun, Meister?"

„Wir warten. Er wird kommen und sicherlich wissen wollen, wie es funktioniert."

„Du machst dir gar keine Gedanken? Sorgst du dich nicht, dass er uns verraten wird?"

„Nein Morten, das wird er nicht. Er würde sich nur lächerlich machen. Wer würde ihm schon glauben, nicht wahr Markus?"

„Ihr werdet schon das Richtige tun, Meister."

Am Abend, nachdem das Gasthaus geschlossen war, erschien der Wirt in der Küche.

„Ihr wisst, warum ich hier bin. Verratet mir, wie das geht mit der Zauberei und vielleicht lasse ich euch dann einfach gehen."

Der Meister schob sich vor seine zwei Schüler.

„Verhandeln müsst Ihr schon mit mir. Meine Schüler lasst aus dem Spiel. Sie haben die Kunst der Küche bei mir gelernt und riefen mich herbei, weil ihr ihnen viel zu viel abverlangt. Das, was sie hier täglich leisten müssen, ist durchaus Arbeit für die dreifache Anzahl an Köchen."

„Habt ihr euch deshalb die zusätzlichen Arme gezaubert? Labert nicht so herum und sagt mir nicht, wie ich mein Haus zu führen habe oder was ich von meinen Leuten verlangen kann!"

Der Meister blieb total ruhig und gelassen.

„Ich werde es euch zeigen. Ausführen könnt ihr es jedoch nur mit Liebe im Herzen, Liebe zu eurem Haus und zu eurer Arbeit.

Ohne die wird der Zauber ein Zauber bleiben und ihr werdet ihn niemals erleben dürfen."

„Papperlapapp, Liebe! Natürlich liebe ich meine Wirtschaft und meine Arbeit. Damit verdiene ich mein Geld!"

„Also hört und sprecht mir nach:

Zu viel Arbeit ist zu tun,
brauche Arme, die nicht ruh'n.
Wachset zwei, am besten vier,
dann sind's sechs, die helfen mir."

Der Wirt sprach die wenigen, leicht zu merkenden Worte nach.
Dem Meister waren die Arme gewachsen und er bewegte sie hin und her.
Nicht so beim Gastwirt. Nichts geschah, kein weiterer Arm wuchs ihm, nicht einer.
Er lies sich alle möglichen Sprüche vorsagen, aber keiner wirkte. Kein Messer bewegte sich, oder Topf oder Pfanne, kein Feuer flammte.
Die Wut stieg in ihm auf. Fuchsteufelswild fuchtelte er mit seinen zwei Händen vor dem Meister herum.
„Einsperren lasse ich euch, ihr Betrüger und Quacksalber!"
Plötzlich verlor er den Boden unter den Füßen. Der Meister hatte ihn mit zwei Händen hochgehoben. Zwei weitere schlugen ihn rechts und links leicht ins Gesicht.
„Du Grobian glaubst tatsächlich, dass dir auch nur irgendeiner Glauben schenken würde. Das , was du gesehen haben willst, gibt es nur im Märchen. Im Gegenteil, die Leute würden dich für verrückt erklären."
Der Meister setzte den gebeutelten Wirt wieder auf den Boden seiner Küche.

„Aber ich weiß, was wir tun werden. Wir drei werden gehen. Wir verlassen dein ungastliches Haus und suchen einen Herrn, der seine Leute schätzt und nicht wie Sklaven ausbeutet. Ich habe schon mal ausgerechnet, was du uns an Entgelt schuldest. Besser, du bezahlst uns. Dann bist du uns los. Ansonsten legen wir einen Zauber über dein Haus und nie wieder wird ein Gast deine Wirtschaft betreten."

„Das könnt ihr nicht!"

Der Meister hob die Arme zum Himmel.

„Wollt Ihr das wirklich riskieren?"

Der Gastwirt knickte ein. Er rief nach der Hausdame, die ihm den Tresorschlüssel bringen musste. Er zahlte den drei Köchen ihren Lohn. Entsprechend ihrer Arbeitsleistung zahlte er jedem von ihnen das Dreifache.

Über den vielen Proben der Zauberei und den Erklärungen war es Morgen geworden. Unsere drei Köche rafften ihre wenigen Habseligkeiten zusammen und verließen das Gasthaus. Auf dem einzigen Weg aus dem Dorf hinaus wanderten sie dahin. Markus brannte noch eine Frage auf der Seele.

„Meister, der Wirt hat doch aber alle deine Zaubersprüche gelernt."

„Die hat er bereits wieder vergessen, glaub' mir. Nur, wer Liebe im Herzen trägt, kennt auch die Magie. Und Magie wirkt niemals ohne Liebe!"

„Oh, die armen Köche. So viel Arbeit. Aber testen würde ich das auch gern einmal. Manchmal kann man mehrere Arme schon gut gebrauchen. Was hast du dir eigentlich für deine Erinnerungskiste mitgebracht für diese beiden Geschichten?"

„Das ist ganz einfach. Für Anna`s Geschichte reicht mir ein Beutelchen Mehl und für Markus und Morten habe ich einen

Kartoffelschäler hinein gelegt."

„Wird das Mehl nicht ranzig?"

„Was ist das denn für eine Frage? Doch nicht in meiner Zaubertruhe, meine Liebe!

Aber Gegenfrage. Schreibst du denn auch alle Geschichten auf, die ich mitbringe?"

„Was ist das denn für eine Frage, mein Lieber? Selbstverständlich. Schau, da drüben auf der Fensterbank liegt die „Wendländische Märchenkiste".

Peranticus hatte bei meiner Wiederholung seiner Phrase empört die Backen aufgeblasen. Als ich jedoch das Buch erwähnte, sprang er wieselflink zum Fenster und griff sich das Buch. Wie alles, was er berührte, schrumpfte es im Verhältnis zu seiner Körpergröße. Beeindruckend, wie er sich dann wieder in die Couchecke kuschelte und in meinem Buch blätterte. Es war ein schönes Bild, das mein Herz erwärmte, fast wie ein Kuss meines geliebten Mannes.

Er war überrascht.

„Das bin ja ich auf dem Cover!"

„Warum nicht, du bist der Geschichtenerzähler und ihr Bewahrer. Da hast du es aus meiner Sicht auch verdient, das Titelblatt zu zieren."

Er bedankte sich mit einem spaßig hoheitsvollen Nicken seines Hauptes.

„Darf ich das Buch in meine Kiste packen?"

„Sicher. Ich fühle mich geehrt. Hauptsache, es bleibt so winzig."

Er legte das Büchlein neben sich. Es blieb so klein.

„Wenn du uns jetzt noch eine Flasche von diesem ausgezeichneten Traubensaft spendierst und dich neben mich setzt, dann würde ich direkt noch eine Geschichte beisteuern."

Ich kam seiner Aufforderung schnellstens nach. Ich konnte nicht genug bekommen von seinen Erzählungen.

Der Dorfladen

Unser Gastwirt betrieb auch einen Laden auf seinem Grundstück. Hier verkaufte er alles, was er selber produzierte auf seinen Feldern und mit seinem Vieh. Darüber hinaus bot er auch Waren der Dorfbewohner an, die diese ihm für wenige Pfennige verkaufen mussten. Sie brachten ihm die Waren in die Gaststube. Keiner aus dem Dorf, der mit ihm handelte, hatte je den Laden betreten. Hier durften nur die Gäste seiner Wirtschaft einkaufen.

Es gab Honig, Marmeladen, Kartoffeln, Spielzeug aus Holz, Nudeln, Brotbretter, Messer, Weine und Liköre, Butter, Eier, Fleisch und Wurst und viele andere nützliche Dinge, die die Dörfler herstellten.

Von einem der fremden Tagelöhner, die der Wirt beschäftigte, wussten die Menschen im Dorf, dass der geizige Mann ihre Waren für sehr viel Geld verkaufte, sie aber mit so wenig abspeiste, dass es oft nicht für die nötigen Dinge reichte. Schon ein Brot bei ihm zu kaufen, war den meisten von ihnen nicht möglich.

An einem kalten Wintertag kam ein altes Mütterlein in die Gastwirtschaft. Sie stellte ihren Holzkorb ab, den sie auf den Schultern trug, und setzte sich neben das lustig flackernde Feuer im Kamin.

Die Hausdame hatte sie bemerkt und war ihr in die Gaststube gefolgt.

„Was willst du, Alte? Etwas verkaufen?"

„Guten Tag, Herrin. Ja, vielleicht, wenn ich den Hausherrn sprechen kann."

„Du sprichst in Rätseln. Der Herr ist auf dem Sprung. Er fährt gleich in die Stadt. Er kommt eh hier noch einmal durch. Sprich ihn an, vielleicht hört er dir zu und kauft, was immer du zu verkaufen hast."

Ohne sich weiter um das alte Mütterchen zu kümmern oder ihr gar ein Glas Tee oder ein Stück Brot anzubieten, verschwand die Hausdame in der Küche.

Das Mütterchen schüttelte den Kopf.

Wenig später durcheilte der Gastwirt den Raum mit langen Schritten. Auch er nahm keine Notiz von der Alten am Kamin.

„Guten Tag, Herr. Auf ein Wort, Herr."

Im Lauf drehte der so Angesprochene den Kopf zum Feuer.

„Keine Zeit, Alte. Was machst du überhaupt hier. Hast du Geld, um den Platz am Feuer auch zu bezahlen?"

Es blitzte in den Augen der Alten grimmig auf.

„Nur, weil ich mich ein wenig wärme, soll ich euch das bezahlen?"

„Aber natürlich! Nichts ist umsonst auf dieser Welt."

„In eurer Welt, Herr."

Der Gastwirt wurde abgelenkt durch die sich öffnende Küchentür. Die Hausdame trug ein großes duftendes Paket auf den Händen.

„Eure Wegzehrung, Herr. Wie gewünscht gerade aus dem Ofen geholtes Brot, Butter, gekochte Eier und eine frische Mettwurst. Ich bringe das Paket zu eurer Kutsche."

„Herr, habt Ihr vielleicht einen Kanten Brot für mich?"

„Hast du Geld, um das Brot zu bezahlen?"

„Dann wenigstens einen kleinen Schluck heißen Punsch, damit ich meine armen alten Knochen wärmen und meinen Durst stillen kann?"

„Hast du nun Geld oder nicht, Alte. Hier musst du alles bezahlen, wenn du etwas willst. Zahl und nimm, was dir gebracht wird oder geh, aber halte mich nicht mit deinem dummen Geschwätz auf!"

„Lasst mich ein einziges Mal in euren Laden, damit ich mir ansehen kann, was ihr habt, Vielleicht habe ich ja noch einige Pfennige in der Tasche, um mir etwas zu kaufen."

Der Herr lachte schallend laut los. Er lachte so sehr, dass es ihm die Tränen in die Augen trieb.

„Ein guter Witz, du Hutzelweib. Wirklich. Du siehst ja, wie er mich erheitert. Aber du glaubst doch nicht wirklich, dass ich dich auf Grund dieser Vermutung, du könntest eventuell noch ein paar Pfennige dein eigen nennen, in meinen gut sortierten Laden lasse. Der ist nur für meine zahlende Kundschaft. Außerdem könntest du mir etwas kaputt machen und wie soll ich meinen Gästen deine Erscheinung erklären?"

Damit öffnete er die Tür zum Hof.

„Schluss jetzt! Verschwinde und sei dankbar, dass ich dir das Feuer nicht berechne!"

Der Gastwirt sprang in die Kutsche, die sofort in eiligem Tempo vom Hof fuhr.

Die Alte erhob sich. Lange dauerte es, bis sie ihren Korb wieder auf den Schultern hatte. Die Hausdame stand dabei, ohne einen Finger zu rühren. Ungeduldig schob sie das Mütterchen zum Tor hinaus.

Gebeugt unter der Last des Korbes wankte die Alte den Weg entlang. Hinter der ersten Biegung, das Gasthaus war nicht mehr zu sehen, straffte sich die Gestalt plötzlich und richtete sich auf. Mit kräftigen leichten Schritten eilte die Frau weiter. Der Korb schien kein Gewicht mehr darzustellen. Trotz der Kälte zog sich die Gestalt das Tuch vom Kopf. Rotes Haar floss über die Schultern bis fast zum Boden. Aus dem gebeugten Mütterchen war eine wunderschöne junge Frau geworden, die nun mit schnellem Gang seitlich vom Weg im Wald verschwand.

Keiner im Dorf war ihr begegnet, weder in der einen noch in der anderen Gestalt.

Im Gasthaus herrschte Betrieb und der Zwischenfall mit der verrückten Alten war schnell vergessen.

Am nächsten Morgen rollte eine kostbare Kutsche auf den Hof. Der Wirt persönlich eilte zur Begrüßung seines neuen Gastes herbei. Hier roch es förmlich nach Talern.

Eine sehr attraktive Dame in den besten Jahren entstieg der Kutsche. Nicht ihre Schönheit, ihr wallendes blondes, kaum zu bändigendes Haar, ihre schmale Taille, ihr zartes Gesicht, ihr Pfirsichteint, ihre saphirblauen Augen, nein, Ihr kostbarer Schmuck, den sie trug, der ließ das gierige Herz des Gastwirtes höher schlagen.

Er wieselte eifrig um sie herum, rief seine Bediensteten für die Taschen und Koffer, schickte die Hausdame nach einem Begrüßungstrunk. Er war die Aufmerksamkeit und Höflichkeit in Person.

„Vielen Dank Euch, mein Herr. Ich fühle mich sehr geehrt. Ich bin auf der Durchreise und wollte eurem Laden gern einen Besuch abstatten. Ich hörte, dass ihr auserlesene Gaumenfreuden und andere wertvolle Dinge darin anbietet."

„Oh, ich bin hocherfreut über euren Besuch, werte Dame. Darf ich euch auf eine Brotzeit einladen. Ihr könnt euch gern ein wenig erfrischen und danach begleite ich Euch sehr gern zum Geschäft."

Die Dame nahm das Angebot des Gastwirtes dankend an. Sie bekam den besten Platz am Kamin, der Wirt ließ den teuersten Wein bringen und die Brotzeit war so reichhaltig, als wäre der Tisch für ihn gedeckt.

Während die Dame speiste, rief der Geizkragen seine Ladenangestellten zu sich.

„Ihr werdet sofort alle Schilder im Laden entfernen und neu schreiben. Überall notiert ihr den doppelten Preis. Und bei den Frischwaren ersetzt ihr die letzte Lieferung von gestern gegen alles, was noch im Lager zu finden ist. Beeilt euch und zu niemandem ein Wort!"

Die Bediensteten liefen los und machten alles so, wie der Herr es befohlen hatte. Keiner wagte auch nur ein Wort dagegen. Jeder hier hatte Angst vor der aufbrausenden Art des Gastwirtes und vor seinen voreiligen Beschlüssen, die er nie zurücknahm. Vor zwei Tagen erst hatte er den Lukas entlassen, weil der darum gebeten hatte, für sein krankes Kind ein paar mehr Stunden Zeit zu haben. Geschrien hatte er, dass er dann gleich und für immer zu Hause bleiben könnte. Obwohl so wenige Leute für die Arbeit da waren, hatte er den Lukas nicht wiederkommen lassen.

Nachdem die Dame gespeist hatte, führte der Wirt sie in seinen Laden. Die Dame nahm alle Güter und Gegenstände in Augenschein. Der Gastwirt war an der Tür zum Laden stehen geblieben. So sah er nicht, wie sich eine tiefe Falte auf der Stirn der Dame bildete. Gewitterwolken schoben sich vor das strahlende Blau ihrer Augen und verdunkelten sie fast bis zu einem schwarzblauen Ton. Zornig zog sie die Augenbrauen zusammen. Sie drehte sich zu ihrem Gastgeber um. Ihr Gesicht zeigte wieder die ruhigen Züge und die hellen Augen.

„Tja, lieber Wirt. Es waren wohl doch nur Gerüchte, die man mir erzählt hat. Ich kann hier leider nichts finden, was es wert wäre, von mir gekauft zu werden. Die Bilderrahmen hier sind stümperhaft geklebt, die Tonkrüge sind nicht wirklich geschmackvoll bemalt, das Tuch da hat Webfehler. Dafür verlangt ihr für meinen Geschmack total überhöhte Preise. Und was die Lebensmittel anbetrifft, die liefert mir mein eigener Hof mindestens genauso gut."

Die Dame raffte ihr kostbares Kleid und rauschte am Besitzer des Dorfladens vorbei und bestieg ihre Kutsche. Sie lehnte sich noch einmal kurz aus dem Fenster.

„Danke noch für Speis' und Trank. Da wart ihr zumindest sehr aufmerksam und eure Brotzeit war auch recht gut."

Mit diesen Worten schloss sie das Fenster und die Kutsche rollte vom Hof.

Wutentbrannt schaute der Gastwirt ihr hinterher.

„So eine undankbare Pute! Da darf sie essen und trinken, ohne dass ich etwas dafür verlange und dann kauft sie nicht einmal ein einziges Ei."

Während seiner Wutrede lief der Wirt im Laden herum. Seine Augen streiften dabei die Waren der Dorfbewohner. Er nahm das eine oder andere in die Hand.

„Recht hat sie! Schaut nur, wie unsauber das genäht ist. Hier fehlt ein Knopf und hier, der Messerschaft hat einen Sprung. Werft alles hinaus, alles, was die dummen Dorfbewohner hier verkaufen wollen. Heute Abend will ich kein noch so winziges Teil mehr finden. Ab sofort verkaufen wir nur noch unsere Produkte. Das reicht auch für die Gäste vollkommen zu. Steht nicht so herum! Auf, auf, alles muss raus! Werft es vor das Hoftor!"

Indessen hatte die Kutsche die Biegung des Weges erreicht und bog in den kleinen Trampelpfad ein, der von hier auf eine kleine Waldlichtung führte. So wie sie dort zum Stehen kam, verschwand sie samt der Pferde, die als Schmetterlinge davon flatterten in den klaren blauen Himmel. Die Dame stand auf der Lichtung. Mit einem Schwung ihres linken Armes hob sie den sie umgebenden Zauber auf. Wir erblicken wieder die Frau mit den bodenlangen feuerroten Haaren, in denen jetzt die Sonne lustig tanzte und Funken versprühte.

Plötzlich ging es emsig zu auf der Lichtung. Bienen summten, Eichhörnchen liefen an den Tannenstämmen auf und ab, Hasen kamen aus den Büschen. Ein Rehkitz näherte sich der Frau mit den roten Haaren.

„Lauf und bringe das dem Lukas."

Das Rehkitz nahm den aus dem Nichts erschienen Korb mit Wein, Brot, einer dicken Wurst und einem warmen Tuch für sein krankes Mädchen.

„Das Kind soll ein Glas von dem Wein trinken. Er ist gemacht aus hundert Kräutern des Waldes. Damit wird sie wieder gesund. Lauf jetzt! Und ihr fleißigen Bienen, fliegt zu den Dorfbewohnern. Sie

37

sollen ihre Habe am Hoftor abholen. Es soll nichts verderben und nichts kaputt gehen."

Die Bienen summten um die Häuser und trieben die Dorfbewohner erst heraus und dann in Richtung Gasthaus. Schnell sahen sie dann ihre selbst hergestellten Güter da herum liegen. Die Hofarbeiter brachten immer noch mehr und warfen es auf den Haufen.

„Warum tut ihr das? Was ist denn in den Herrn gefahren?"

„Er sagt, es ist alles von schlechter Qualität, mit Fehlern, Rissen oder gar kaputt. Räumt es weg, bevor er es tut."

Leise fügten sie noch vier Worte dazu, die der Herr aber auf keinen Fall hören durfte.

„Es tut uns leid!"

Die Dorfbewohner rafften ihre Sachen zusammen. Jeder schaute jedem über die Schulter.

„Seht ihr irgendeinen Fehler? Findet ihr eine unsachgemäße Arbeit, Risse oder fehlende Knöpfe?"

Keiner entdeckte das vom Gastwirt Vorgeworfene. Die Arbeiter gingen ebenfalls von Frau zu Mann und von Mann zu Frau.

Sie eilten zu ihrem Brotgeber.

„Herr, es ist nicht zu glauben! Die Sachen, die wir kaputt, zerrissen oder wie auch immer, vor das Tor geworfen haben, sind allesamt in Ordnung. Herr, wir haben es mit eigenen Augen gesehen!"

Der Wirt, dessen Zorn über das verschenkte Mahl noch immer brodelte, rannte selbst zu den Leuten. Er konnte sich nur davon überzeugen, dass sie alle die Wahrheit gesprochen hatten.

Was ging hier vor? Wer war sein Feind?

Inzwischen war ein neuer Gast auf der Wiese angekommen. Auch wenn es nur eine kleine Maus war, so war sie doch sehr willkommen.

„Schön, dass du es geschafft hast, kleine Maus."

„Danke, liebe Fee. Du hast dich davon überzeugt, was der Geizhals so treibt und wie er die Dorfleute über's Ohr haut?"

„Dank deiner präzisen Berichte habe ich sofort bemerkt, was er verändert hatte, dass alte Ware den Platz der frischen einnahm und das er sogar nicht davor zurückgeschreckt ist, die Preisschilder umzuschreiben."

Die Bienen und auch das Rehkitz waren zurück und berichteten ihrer Herrin vom Erfolg der Sammelaktion und der Gesundung von Lukas' kleinem Mädchen.

„Ich gehe selbst zum Dorf."

Als sie da ankam, war das Wehklagen der Bewohner noch groß.

„Ich grüße euch, ihr lieben Leute!"

Ängstlich wichen die vor der strahlenden Erscheinung zurück.

„Wer bist du?"

„Bist du eine Königin?"

Ein kleines Mädchen hatte die Frage gestellt.

„Nun, so etwas ähnliches."

Unter den Dörflern stand nun auch Lukas.

„Leute, seht ihr es denn nicht? Erinnert euch an die Erzählungen der Alten, die besagen, dass unser Dorf eine Beschützerin hat. Sie haben sie immer so beschrieben, wie ihr sie jetzt vor euch seht."

Lukas trat auf die Fee zu und senkte sein Haupt.

„Ich danke dir für die Errettung meines Kindes. Ohne den Lohn des Herrn hätte ich keine Medizin für mein Mädchen kaufen können."

Die Leute tuschelten.

„Du kennst sie?"

„Ich war so verzweifelt, als der Gastwirt mich entlassen hat wegen meiner Bitte und ich wusste keinen Ausweg. Da erinnerte ich mich an die Erzählungen und in meiner Not bin ich zur Lichtung gelaufen. Ich habe nach ihr gerufen, bis ich heiser war. Sie hat mich erhört und ich habe erzählt vom Leben im Dorf, von mir, vom Herrn."

„Warum kommst du erst jetzt, um uns zu helfen?"

„Ich komme nur, wenn ihr Menschen mich ruft. Sonst darf ich nicht einschreiten. Euer Lukas hat es richtig gemacht. Nicht alles, was die Alten erzählen, ist nur dummes Gerede. In allem ist immer ein Quentchen Wahrheit.

Nun zu euch. Ab sofort werdet ihr eure Güter und Waren im Nachbardorf beim dortigen Dorfherren verkaufen. Das ist ein guter und ehrlicher Mann. Fragt ihn nach Arbeit. Es gibt da viel zu tun. Das Dorf wächst, nicht zuletzt deshalb, weil er seine Leute gut behandelt und ordentlich entlohnt.

Um den garstigen Wirt kümmere ich mich."

Die Fee flocht ihr Haar zu einem Zopf und wand ihn zu einem prächtigen Dutt. Ihr Kleid verwandelte sich in ein weniger strahlendes, aber immer noch von Reichtum zeugendes Gewand. So schritt sie zügig zum Gasthaus.

Sie trat ein, bestellte einen Teller Suppe und eine Schokolade. Nach dem Essen fragte sie, ob sie sich einmal im Laden umschauen könne. Der Herr wollte seine Hausdame mit schicken.

„Ach, Herr, macht mir die Freude und begleitet mich. Ihr wisst doch auf eurem Gut am besten Bescheid. Warum soll ich mich mit einer Magd abfinden?"

Der Wirt gab nach. Die Hausdame hingegen schnaubte empört ob der niederen Bezeichnung ihrer Person.

Die Fee machte ihre Runde im Laden, sah die Preisschilder, die wieder die alltäglichen Preise auswiesen und auch, dass frische Ware in den Regalen zu finden war. Sie wählte einige Dinge aus.

Als es ans Bezahlen ging, streckte der Wirt in Erwartung der Taler die Hand aus. Stattdessen floss aus dem Säckchen ein goldener Staub in seinen Handteller.

„Ich denke, hiermit sind eure Waren besser bezahlt. Verstreut das Pulver im Laden und euch werden niemals die Waren ausgehen. Ihr müsst nie wieder etwas einkaufen. Ihr nehmt ein Teil aus dem Regal und im Moment steht ein neues da."

Die gierigen Augen des Gastwirtes leuchteten. Das war mal eine Bezahlung. Er rechnete bereits im Kopf, wie viele Taler er ab sofort sparen würde.

„Gute Frau, könnt Ihr noch ein wenig mehr von eurem guten Pülverchen in meine Hand rieseln lassen? Seht, wie groß der Laden ist."

Die Fee nickte und füllte seine Hand mit dem glitzernden Versprechen des Reichtums.

„Wollt Ihr gar nicht wissen, woher es kommt oder warum ich euch so bezahle?"

„Nein, nein, das brauche ich nicht zu wissen."

Die Fee nickte, packte die Einkäufe in ihren Korb, verabschiedete sich von ihrem Gastgeber und verließ Laden und Hof. Den prall gefüllten Korb brachte sie den Dorfbewohnern, die ihr herzlich dafür dankten.

Der Gastwirt hatte keine Zeit verloren. Er postierte sich in der Ladentür. Tief sog er die Luft ein und pustete dann den Goldstaub in den Raum. Zufrieden verließ er sein Geschäft, nicht ohne sorgfältig abzuschließen.

Nur kurze Zeit verging, da wünschte ein Gast einzukaufen.

Die Hausdame und der Kunde betraten den Laden. Der Mann sah sich um.

„Wollt Ihr mich auf den Arm nehmen? Ich sehe hier nirgends auch nur eine Wurst oder ein Glas Honig. Ich sehe überhaupt keine Ware. Was ist das für ein Benehmen euren Gästen gegenüber?"

Die Hausdame fand vor Schreck keine Worte.

„Aber, aber, die Regale sind doch voll. Schaut doch nur richtig hin, mein Herr!"

„Das tue ich, Weib und ich sehe nur leere Regale."

Er kehrte in die Gaststube zurück und trank erst einmal ein kräftiges Bier, natürlich auf Kosten des Hauses.

Die Hausdame rief aufgelöst nach ihrem Herrn. Der kam dann auch sofort und wollte nicht glauben, was sie berichtete. Er bat den Gast ein weiteres Mal ins Geschäft. Es gab keine Veränderung zum ersten Besuch.

„Ich verstehe das nicht! Wie meine Hausdame schon sagte, sind die Regale voll. Seht doch, hier!"

Der Wirt nahm eine Flasche Wein aus einem der Regale und hielt sie dem Kunden hin.

Der erschrak ganz fürchterlich.

„Das ist Hexerei! Damit will ich nichts zu tun haben! Ich reise ab, auf der Stelle!"

Der Gastwirt erstarrte. Wut und Entsetzen wechselten sich auf seinen Zügen ab.

„Hol mir alle meine Angestellten her!"

„Was seht ihr? Seht ihr Regale, leere Regale oder seht ihr Ware in den Regalen?"

Der Herr war verrückt geworden. Wieso sollten sie Waren sehen auf diesen leeren Regalen? Der Laden war leer, leer bis auf die Tische, Schränke, Nippes und , ja, die Regale an den Wänden.

„Raus, raus, alle Mann raus!"

Sich die Haare raufend, lief der Wirt durch seinen Laden, nahm hier und da etwas heraus, sah es an und stellte es wieder weg.

„Seht ihr es auch, Hausdame? Wenn ich Dinge heraus nehme, habe ich sie in der Hand. Der Gast vorhin konnte die Sachen dann auch sehen. Richtig?"

Die Hausdame nickte mit großen ängstlich rollenden Augen.

„Wo sind eure Schwestern? Sie sind meinem Ruf nicht gefolgt.

Holt sie. Fragt sie, ob sie was sehen."
Auch die beiden Gerufenen sahen die vollen Regale.
„Das verstehe ich nicht! Warum sehen wir die Ware und alle anderen nicht! Ist aber jetzt egal. Räumt den Laden aus und schafft erst einmal alles in die Gaststube. Dann sehen wir weiter."
Der Herr überdachte das Geschehen. Endlich fiel ihm die rothaarige letzte Besucherin ein. Er fluchte unflätig vor sich hin.
„Ihr braucht nicht so zu schimpfen, Wirt!"
Erschrocken drehte der sich um und fand sich der Dame gegenüber. Wütend hob er die Hand zum Schlag.
„Wagt es nicht, Wirt! Ich bin die Hüterin des Dorfes. Ihr habt es selbst verschuldet, was hier passiert ist. Eure Gier hat euch blind gemacht und gefühllos. Ihr kennt kein Erbarmen anderen gegenüber, sondern nur euren Profit.
Es soll euch eine Lehre sein. Den Laden werdet ihr nie wieder als solchen verwenden können. Alles, was ihr von jetzt ab hineinstellt, wird unsichtbar."

„Wunderbar, Peranticus! Es ist eine wunderbare Geschichte."
„Warte, der Schlusssatz fehlt noch:

Seit dieser Zeit kann der Wirt den Laden nicht mehr benutzen und muss seine Waren in der Gaststube verkaufen.

So, jetzt ist die Geschichte zu Ende, meine Liebe."

Mein Märchenerzähler von Anbeginn der Zeit an griff sich sein Glas und leerte es in einem Zug.

„So, für heute soll es genug sein. Ich möchte mich ein wenig erholen."

„Darf ich dich schon morgen wieder zu mir bitten, Peranticus? Ich bin, glaube ich, süchtig nach deinen Geschichten."

„Gern doch, meine Liebe."

„Wie wäre es dann mit etwas Marzipan zum Wein?"

„Sehr gut, sehr, sehr gut! Also dann, bis morgen!"

Peranticus griff nach dem winzigen Buch neben sich und verschwand vor meinen Augen. Ich hörte ihn dann noch kurz an seiner Truhe hantieren, bevor es still wurde.

„Gute Nacht, mein kleiner Freund!"

Am folgenden Abend war ich spät dran. Als ich nach Hause kam, jagte meine Katze fauchend durch die Stube. Oh je, ich hatte ihn doch glatt vergessen!

„Peranticus, entschuldige! Aber die Leser wollten mich einfach nicht weg lassen. Ich musste so viele Autogramme geben. Es war toll!"

Über meiner Katze war das bunte Tuch in der Luft hängen geblieben. Das segelte nun herab und deckte sie zu. Sich im Kreis drehend versuchte mein wuscheliger Vierbeiner einen Ausgang zu finden.

„Glaube ja nicht, dass ich das als Entschuldigung gelten lasse. Hast du wenigstens die Marzipanschokolade mitgebracht?"

Die hatte ich, Gott sei Dank, bereits am Morgen besorgt.

Ich warf den Mantel in der Küche über einen Stuhl, die Schuhe flogen in hohem Bogen durch die Luft. Ich sprintete zur Speisekammer, griff den Wein und auf dem Weg zur Couch noch die Gläser und die Schokri, wie eine Freundin immer sagte.

Das gefüllte Glas hielt ich vor mich in die Luft. Ich spürte den Luftzug, als mein noch unsichtbarer Freund das Glas ergriff und nun sichtbar auf der Couch landete.

Er schmollte ein wenig.

„Du hast mich warten lassen!"

„Die Leute waren begeistert, Peranticus. Und zu meiner Entlastung sei gesagt, Ich habe deine Geschichten vorgelesen."

„So, hast du. Na, dann will ich mal nicht so sein. Und sie fanden die Geschichten gut, sagst du?"

„Nicht gut, mein Freund, phantastisch!"

Geschmeichelt griff er sich die Schale mit dem Marzipan. Bevor er sich ein Stück nahm, roch er genüsslich daran.

„Welche Geschichte wirst du heute erzählen? Gibt es noch mehr über den Wirt und sein Gasthaus zu berichten?"

Mit noch vollem Mund nickte mein Gast. Nach einem weiteren Stück der Schokolade und einem Schluck Wein, war er dann soweit.

„Heute erzähle ich dir eine   Geschichte von Trauer und Gefangenschaft.

Die gefangenen Teichnymphen

Es war ein schöner Tag und der Gastwirt beschloss, sein Frühstück im Hof einzunehmen. Einige seiner Gäste hatten die gleiche Idee und saßen schon bei frischen Brötchen und Kaffee. Der Wirt, der alleine aß und keinen Gesprächspartner hatte, kam nicht umhin, den Unterhaltungen seiner Gäste zu lauschen. Es war nur nichtsnutziges oberflächliches Geplapper. Doch dann spitzte er plötzlich die Ohren.

„Nein, du hast sie gesehen?"

„Mit meinen eigenen Augen hab ich das. Sie stiegen aus dem Teich und wuschen ihre Blumenkleider."

„Sagenhaft! Du weißt, was man sich über sie erzählt?"

Der so Angesprochene schüttelte den Kopf.

„Man erzählt sich, dass man die Teichnymphen einfangen kann und dann sind sie hervorragende Putzfrauen. Man muss nur dafür sorgen, dass sie mit genügend Wasser in Berührung kommen. Das hält sie am Leben."

„Gut, dass wir das nicht nötig haben. Ich kann mir nicht vorstellen, dass es gut ist, solche Wesen einzusperren."

Damit beendeten die zwei Herren dieses Gesprächsthema und wandten sich genussvoll ihrem gerade gebrachten Rührei zu.

Aber dem Wirt ging das Gesagte nicht aus dem Kopf. Als er später den Initiator seiner Gedanken bei den Pferden sah, trat er zu ihm.

„Sagt, wisst ihr, wie man die Nymphen einfängt? Ich interessiere mich für solche Geschichten und schreibe sie gern nieder."

„Ein Gastwirt, der gern Geschichten erzählt. Warum nicht, an langen Abenden könnt ihr euren Gästen damit sicherlich gut die Zeit verkürzen. Hört also, was man berichtet."

Der Gastwirt war der aufmerksamste Zuhörer, den man sich nur vorstellen kann.

Der Plan entstand schon in seinem Kopf, während er noch den

Ausführungen seines Gastes lauschte. Ungeduldig wartete er auf den nächsten Vollmond.

Er hatte sich auf das Genaueste den Weg zum Teich erklären lassen. Der lag tief versteckt im Tannenwald, da, wo niemand je ein solches Gewässer vermuten würde.

Seine Hausdame packte alles Nötige zusammen. Dann fuhren sie los. Die beiden hielten sich genau an die Anweisungen des Erzählers. Angekommen, legten sie am ganzen Ufer Netze aus und bedeckten sie mit Sand und Tannennadeln. Wie erwartet, stiegen die Nymphen, vier an der Zahl, mit dem ersten Glanz des Mondes, der die Wasseroberfläche traf, aus dem Wasser. Sie zogen ihre wunderschönen Blütenkleider aus und begannen, nur noch in ihre hauchzarten Unterhemdchen gehüllt, ihre Kleider zu waschen. Aber sie taten das natürlich nicht mit dem Wasser aus dem Teich, sondern sie sammelten den Mitternachtstau von den Gräsern auf der den Teich umgebenden Lichtung. So entfernten sie sich weit genug von ihrem schützenden Zuhause.

So, wie der Gast erzählte, fingen der Wirt und seine Hausdame die vier Nymphen in den Netzen ein. Dann eilte seine Helferin, um die Blütenkleider einzusammeln. Die Nymphen wurden, noch in den Netzen, auf den mitgebrachten Karren geworfen, was einige Anstrengungen bedeutete. So schnell es ihnen möglich war, legten der Wirt und seine Hausdame den Weg zum Gasthof zurück. Hatten die vier Nymphen noch beim Tau sammeln mit wunderschönen Stimmen gesungen, waren sie mit der Gefangennahme verstummt.

Die Hausdame brachte die Vier in eine kleine dunkle Kammer. Sie mussten ihre zarten Unterhemden gegen kratzige Sackleinenkleider tauschen. Die Hemden und die Blütenkleider versteckte die Hausdame auf dem Dachboden der Scheune in einer großen Truhe, unter alten zerschlissenen Mänteln des Gastwirtes.

Ohne Verbindung zu ihrem Heimatteich und ohne ihre Blütenkleider, waren die Nymphen dem bösartigen Wirt vollkommen ausgeliefert. Dass sie ihre Stimme verloren, wenn sie ihren Teich verließen, hatte ihn besonders gefreut. So brauchte er eine Entdeckung seines Raubes nicht zu fürchten.

Die Zeit verging. Lange, lange arbeiteten die vier Nymphen nun bereits im Gasthaus. Der Gast damals hatte nicht übertrieben. Sie waren phantastische Arbeiterinnen. Sie putzten die Gaststube, die Küche, die Treppen, den Hof, die Zimmer der Gäste und den Tanzboden in der Scheune. Sie wuschen die gesamte, in Haus und Hof anfallende Wäsche. Und sie waren nicht nur fleißig. Alles, was sie reinigten, blitzte hinterher, alles, was sie wuschen, sah danach aus wie neu.

Die Gäste bekamen die vier Arbeiterinnen nur selten zu sehen. Wenn einer ihnen mal begegnete, wunderte er sich schon über die traurigen Augen. Der Wirt wurde auch von Zeit zu Zeit darauf angesprochen, warum seine Putzfrauen so schweigsam seien. Aber genauso schnell, wie man an ihnen vorbei lief, genauso schnell waren sie aus den Köpfen der Gäste verschwunden. Nur die wenigsten der Reisenden nahmen Notiz von Bediensteten.

Der Wirt behandelte seine Dienerschaft nicht gut. Er machte da bei den Putzfrauen keine Ausnahme.

„Ihr seid heute wieder viel zu langsam. Ihr habt noch etliche Zimmer zu putzen. Seht zu, dass ihr fertig werdet. Es kann nicht sein, dass ich wegen eurer Faulheit meine Zimmer nicht vermieten kann! Habt ihr überhaupt eine Ahnung, was mich das jedes Mal kostet, wenn ich einen Gast wegschicken muss!"

Jeden Abend kontrollierte die Hausdame die Mädchen, ob sie etwas mitgenommen hatten aus den Zimmern. Sie drehte die Taschen um und die vier mussten sogar die Kittel ausziehen.

"Wehe euch, ich finde auch nur einen Pfennig bei einer von euch oder gar einen Apfel oder ein Brötchen. Bei uns stiehlt man nicht.

Alles, was in den Zimmern zurückbleibt, gehört eurem Herrn."

Ab und an kam es vor, dass eines der Mädchen vor Erschöpfung weinte. Doch selbst das erweichte nicht die steinernen Herzen der Hausdame oder des Wirtes.

Der erfreute sich jeden Tag an seinem Coup, die besten Putzfrauen der Gegend zu haben und noch dazu brauchte er sie nicht zu bezahlen. Sie aßen und schliefen bei ihm. Das waren genug entstehende Kosten. Einmal im Monat durften sie in einem Zuber Wasser baden. So erfüllte er die Auflage, dass sie außer beim Putzen mit genügend Wasser in Berührung kamen.

Die Jahre zogen am Gasthaus vorbei. Die Mädchen waren von der Arbeit gezeichnet. Sie hatten Schmerzen im Körper, in den Knochen, im Herzen.

Sie konnten wohl nicht auf Hilfe hoffen.

An einem Morgen rief die Hausdame die vier Mädchen unverhofft zu sich.

„Es ist ein neues Mädchen gekommen. Sie soll mit euch arbeiten. Zeigt ihr also alles genau und unterweist sie so, dass sie schnell einsatzbereit ist. Der Herr will ein neues Haus bauen, da braucht er bald weiteres Personal."

Die vier Mädchen staunten den Neuzugang an. Aber nicht, weil es eine neue Arbeiterin war. Auch nicht, weil sie freiwillig kam. Nein, sie konnten sie hören und verstehen. Natürlich nicht so, wie die Menschen das taten. Sie hörten ihre Stimme in ihren Köpfen. Wie andere Zauberwesen konnten sie gedanklich kommunizieren. Das hatten die vier Schwestern die ganze Zeit über getan, allerdings ohne Außenkontakte. Nun stand dieses viel jüngere Mädchen vor ihnen und sie konnten sich mit ihr verständigen.

„Wer bist du? Wie heißt du? Woher kommst du? Wieso verstehst du uns?"

„Ich bin eure Schwester, Halbschwester richtig gesagt. Meine Mutter fand eines Tages einen Mann am Teich im Tannenwald. Er war bewusstlos. Sie nahm ihn mit nach Hause, pflegte ihn gesund und verliebte sich in ihn, obwohl er nicht sprechen konnte. Ich bin das Ergebnis dieser Liebe. Nachdem ich geboren war, wollte mein Vater unbedingt mit meiner Mutter und mir zum Teich. Meine Mutter ließ sich überreden und begleitete ihn. Mein Vater stieg ins Wasser und verwandelte sich in einen Nymph. Meine Mutter erschrak und wollte weglaufen. Mein Vater bat sie weinend zu bleiben und seine Geschichte anzuhören. So erfuhren wir von eurem Raub. Der Nymph, mein Vater, ist auch euer Vater. Er erklärte meiner Mutter, dass nur ein Kind der Liebe zwischen einem Nymph und einem Menschen in der Lage sei, Nymphe oder Nymphen aus Gefangenschaft bei den Menschen zu befreien. Ich weiß, dass ihr außer eurem Teich auch eure Blumenkleider braucht, um nach Hause zu können. Deshalb kann ich so mit euch sprechen, deshalb könnt ihr mich verstehen. Ich heiße Annabell."

Die Mädchen umarmten sich voller Freude.

„Ich habe euch Wasser eures Teiches mitgebracht. Nehmt und trinkt."

Die Mädchen folgten dem Rat ihrer neuen Schwester und siehe da, die Schmerzen im Körper verschwanden.

„Könnt ihr wirklich nur fliehen, wenn ihr eure Blumenkleider habt?"

„Leider, ja. Der, der unsere Blumenkleider besitzt, besitzt auch uns."

„Warum wart ihr dann beim Waschen so unaufmerksam?"

„Ach, Annabell. Damals war schon seit so langer Zeit kein Mensch mehr bis zu unserem Teich vorgedrungen. Da wurden wir leichtsinnig. Wir haben es seither so bitter bereut."

Die fünf Schwestern arbeiteten von nun an gemeinsam. Um nicht aufzufallen, sprach Annabell mit den anderen ganz normal, wenn es um das Waschen und Putzen ging. Nur zwischendurch plauderten die Fünf nun unbeschwert im Kopf miteinander.

Viel schwerer gestaltete sich die Suche nach den Blumenkleidern. Auch Annabell wurde schwere Arbeit aufgebürdet und die Tage waren lang.

An einem dieser Abende zog es sie zum Dorfplatz. Da machten die jungen Leute ein Lagerfeuer. Ein Junge, nur wenig älter als sie, wurde auf sie aufmerksam und lud sie ein, Platz zu nehmen. Die beiden saßen nebeneinander und lauschten den Gesprächen und Scherzen der anderen. Einer von ihnen rief übers Feuer:

„Na, Brüderchen! Hast du dir eine kleine Freundin geangelt. Sei vorsichtig, sie ist so hübsch wie eine der Teichnymphen."

Annabell zuckte zusammen, beruhigte sich allerdings gleich wieder, als die Anspielung nicht weiter verfolgt wurde. Nur das Thema blieb aktuell.

„Apropos Teichnymphen. Ich habe unlängst einen fahrenden Händler getroffen. Der machte sich immer den Spaß, bei Vollmond zum Teich zu gehen und auf die Nymphen zu warten."

„Hat er sie je gesehen?"

„Nein, immer kurz bevor der Vollmond die Wasseroberfläche erhellte, ist er eingeschlafen und erst am Morgen wieder erwacht. Aber er sagte, er hätte immer Spuren gefunden von kleinen zarten Füßen und ab und zu hätten Blumen im Gras gelegen, wobei am Tannenwaldteich gar keine wachsen."

„Und wo ist jetzt die Stelle zum Lachen?"

„Da gibt es keine, Bruder. Der Händler meinte, seit er damals vor Jahren dem Gastwirt davon erzählt hätte, wären die Nymphen nie wieder aufgetaucht."

„Was will er damit andeuten?"

In der Runde war es still geworden.

„Ich weiß ja nicht, ob es klug ist, das hier zu verraten. Aber er ist der Meinung, dass der Gastwirt sie in seiner Gewalt hat. Ehemals hatte der Wirt ihn um die Geschichte gebeten und ihn glauben gemacht, er liebe solche Erzählungen und würde sie für seine Gäste bewahren. Just zum selben Vollmond waren sie verschwunden."

„Weiß noch jemand etwas dazu zu berichten?"

„Ich, Bruder. Der Gastwirt war beim letzten Dorffest so betrunken. Da hat er sich verplappert. Er schwafelte von Blumenkleidern, die er gut versteckt hätte und den Schlüssel würde er immer bei sich tragen."

„Glaubt ihr, er hat die Wahrheit gesprochen?"

Aller Augen richteten sich auf Annabell.

„Mein Vater hat mir erzählt, dass die Teichnymphen nur mit genau diesen Kleidern befreit werden und nach Hause zurück kehren können."

„So, so, dein Vater. Aber es stimmt schon, solche Gerüchte geistern durch die Dörfer hier. Doch nun genug davon. Brüder, wir brauchen noch Nachschub an Holz und Bier."

Vier Burschen erhoben sich gleichzeitig und auch der Junge neben Annabell. Der Älteste winkte ihm zu.

„Brüderchen, setz' dich wieder. Pass auf deine schöne Nachbarin auf. Holz und Bier ist was für die Großen!"

Der Kleinste bekam einen roten Kopf. Annabell zog ihn neben sich.

„Mach` dir nichts draus. Sie haben dich doch gern. Wie heißt du?"

„Johannes. So heiße ich. Und meine Brüder sind der Bertram, der Dietrich, der Fridolin und der Herbert. Aber woher willst du wissen, dass sie mich gern haben. Immerzu necken sie mich nur."

Annabell konnte schlecht sagen, dass sie Gedanken lesen konnte.

„Das spürt man, Johannes. Sie necken dich, weil sie dich gern haben."

„Was ist mit dir? Hast du Geschwister?"

„Ja, vier Schwestern. Lustig, oder? Du hast vier Brüder und ich habe vier Schwestern."

„Sind die genauso hübsch wie du, kleine Freundin?"
Dietrich beugte sich von hinten herab und drückte den beiden eine Flasche Limonade in die Hand.
„Sind sie."
„Und? Nun lass' dir nicht jedes Wort aus der Nase ziehen. Wo finden wir sie?"
„Sie arbeiten für den Gastwirt. Sie putzen und waschen für ihn."
„Warum haben wir sie denn noch nie zu Gesicht bekommen?"
„Weil, weil, sie sind stumm."
„Alle vier?"
Nun füllten sich Annabell`s Augen mit Tränen. Sie nickte und wischte sich mit dem Handrücken das Nass aus den Augen.
„Ist ja gut, Kleine. Trink deine Limonade."

Die Jungs wären nicht Jungs, wären sie nicht neugierig. Sie wollten sich mit eigenen Augen davon überzeugen, was die Kleine am Lagerfeuer erzählt hatte.
„Vielleicht hat sie uns ja nur was vorgemacht!"
„Oder die vier sind hässlich wie die Nacht!"
„Nehmt mich mit, sonst verrate ich dem Vater, was ihr so des Nächtens treibt!"
So zogen die fünf Brüder zum Gasthaus. Sie setzten sich in den Hof und bestellten ihr Bier und eine Limonade. Aber außer der Hausdame tauchte kein weiterer Bediensteter auf. Dietrich und Bertram beschlossen, sich ein wenig umzuschauen. Die restlichen drei hielten lautstark die Stellung.
Die beiden schlichen um das Haus herum. Nach einigem Hin und Her hörten sie den Wirt fluchen. Sie schoben sich näher an das geöffnete Fenster und sahen den Gastwirt mit nackter Brust, sein Hemd in der Hand. Zornig hob er die Hand zum Schlag.
„Das ist doch die Kleine."

Flüsternd nur verständigten sich die Brüder. Im selben Moment klopfte es an der Tür und ohne Wartezeit wurde sie geöffnet. Die Hausdame trat ein. Der Wirt richtete seine Aufmerksamkeit auf sie und vergaß den Schlag.

„Zu dumm zum Servieren. Die Trine ist gestolpert und hat mir den Teller über das Hemd gekippt. Bringt mir ein neues und natürlich auch ein neues Mahl!"

Die Hausdame nickte, packte Annabell am Arm und zog sie mit sich fort.

„Siehst du das auch, Bruder? Sie starrt den Herrn immer noch an."

„Nein, ihre Augen hängen an dem Schlüssel, den er um den Hals trägt. Aber folgen wir der Alten."

Das war nicht schwierig, weil die Hausdame laut keifend mit Annabell hinter sich durch die Gänge lief. Die nächste Tür fiel ins Schloss und die Jungs waren am Ziel angekommen. Die Alte warf das Hemd auf den Wäscheberg.

„Eilt euch, ihr seid wie immer, viel zu langsam."

Die Hausdame verließ die Waschküche und die fünf Mädchen blieben allein. Sie schauten einander an und gestikulierten mit den Händen. Dann sortierten sie weiter die Wäsche. Bertram und Dietrich hatten Gelegenheit, die Schwestern in Augenschein zu nehmen.Sie erkannten, trotz der verschwitzten Gesichter und der hässlichen Kleider, die Schönheit der Mädchen, deren Augen plötzlich alle zum Fenster gewandt waren. Annabell fasste sich als erste. Sie eilte zum Fenster.

„Bertram, Dietrich, guten Tag!"

„Ähm, guten Tag, Kleine."

„Es ist schön, dass ihr uns besucht."

„Du bist sehr nett. Du weißt genau, dass uns die Neugier hierher getrieben hat."

Annabell lachte auf und schlug sich sofort auf den Mund.

„Du hast ihm den Teller mit Absicht über das Hemd geworfen, richtig?"

„Ich brauche den Schlüssel, Bertram. Und ich muss wissen, wo das steht, was ihn aufschließt, Dietrich. Ich kann euch nicht verraten, wozu ich das benötige, aber es ist wichtig für mich und meine Schwestern. Wir müssen weg von hier!"

Bertram nickte, Dietrich nickte und dann schoben sich die Brüder an der Mauer entlang zurück zum Tor und zum Hof.

„Das ist bestimmt der Tresorschlüssel."

„Da kannst du Recht haben, Fridolin. Vielleicht wollen die Mädchen ihren Lohn, damit sie weg können."

„Wie sehen sie denn nun aus? Sind sie hässlich?"

Bertram dachte an die Dunkelhaarige bei seiner Antwort.

„Schön sind sie, eine Augenweide. Jede für sich. Die Älteste ist schwarzhaarig, die zweite blond."

„Die dritte hat braune Haare und die vierte ist ein Rotfuchs. Man sieht ihnen die schwere Arbeit nicht an. Fröhlich haben sie gewirkt."

„Und sie scheinen tatsächlich stumm zu sein."

Die Brüder tranken ihr Bier aus. Die Limonade von Johannes war schon lange alle.

Als sie bezahlten, kam der Wirt aus dem Haus. Sie grüßten artig. Er schaute über sie hinweg. Er trug ein neues Hemd, es war hochgeschlossen geknöpft.

Auf dem Heimweg kam Herbert eine Idee.

„Der aufgeblasene Kasper. Tut so, als wäre er was Besonderes. Dabei weiß jeder, dass sein Vater die Gastwirtschaft hoch gebracht hat. Warum ärgern wir ihn nicht ein bisschen? Wir nehmen ihm den Schlüssel ab und kriegen raus, welches Schloss dazu gehört."

„Dann können die Mädchen von ihm weg, vielleicht."

„Hast dich wohl schon verguckt, Bruderherz. Na ja, Zeit wird es

für dich und den Vater würde es freuen!"
Unter weiteren lustigen Neckereien kamen sie zu Hause an und noch in der selben Nacht schmiedeten die Fünf einen Plan.

Johannes durfte Schmiere stehen. Endlich war es so weit. Der Gastwirt würde mit der Kutsche zur Stadt fahren.
Das Gefährt rollte aus dem Dorf. Nachdem die letzten Häuser verschwunden waren, ging es noch durch ein Wäldchen. Hier standen die Bäume sehr eng. Der Pfad für die Kutsche war schmal. Obwohl der Kutscher regelmäßig diesen Weg zu befahren hatte, brauchte er doch jedes Mal seine vollste Aufmerksamkeit. Die Wipfel der Bäume ließen nur wenig Licht auf den Weg fallen. So übersah der Kutscher den auf dem Weg liegenden relativ großen Stein. Er lenkte die Kutsche direkt darüber. Die kippte natürlich zur Seite und kam rutschend zum Liegen.
Plötzlich standen vier schrecklich anzusehende Typen vor dem armen Kutscher. Einer von ihnen winkte ihm, zu verschwinden. Der Kutscher dachte nicht lange nach und stob davon, als hätte er Siebenmeilenstiefel an. Er kümmerte sich nicht darum, was mit seinem Herrn passieren würde.
„Komm heraus, wer immer in der Kutsche hockt und vor Angst zittert!"
Als nichts passierte, rasselten die vier mit ihren Säbeln. Endlich klappte die Tür zur Seite weg und aus der Öffnung krabbelte der Gastwirt heraus. Vor sich sah er vier dunkle Typen mit schwarzen langen Haaren, dichten langen Bärten. Einer trug eine Augenklappe.
„Gib uns, was du hast, dann kannst du gehen!"
Die tiefe Stimme klang sehr bedrohlich. Der Gastwirt zog seine Börse und warf sie dem Sprecher vor die Füße.
„Ist das alles, du Wicht? Keine Waren, keine Speisen, kein Bier?"

Der Wirt zuckte zusammen. Er war nicht der Mutigste. Er zeigte nach hinten.

Zwei Bärtige schritten an ihm vorbei und zogen den Schrankkoffer vom rückwärtigen Tritt. Sie stießen mit den Säbeln die Verschlüsse auf.

„Ei, der Dautz! Was haben wir denn da Köstliches! Das riecht nach meiner Lieblingsmettwurst! Leute, das ist ein guter Fang!"

Der Augenklappenträger trat, mit dem Säbel vor sich, an den Wirt heran.

„Die Taler! Wo hast du sie? Du willst uns doch wohl nicht weiß machen, dass du mit deiner Mettwurst bezahlen willst, du Gauner!"

Er schob die Säbelspitze unter das Kinn seines Gefangenen.

„Deine Börse da, das sind doch nur Pfennige, damit kannst du keinen Handel bezahlen."

Der Gastwirt knickte ein.

„Sie, sie sind, ähm, sie sind in der Kutsche unter, unter dem Sitz."

Dort fanden die Räuber auch wirklich die Truhe mit den Goldtalern, ordentlich verzurrt.

„Wir danken dir für deine reichlichen Spenden. Du kannst gehen!"

„Halt! Er kann noch nicht gehen. Gestattet, Boss. Ich habe noch nie ein so feines Hemd getragen."

Der so Angesprochene lachte.

„Eine gute Idee. Du hast es gehört, du reicher Schnösel. Zieh es aus, dein Hemd. Los!"

Unter dem Gejohle der furchterregenden Räuber zog der Gastwirt sein Hemd aus.

„Oh, lala, was sehen meine trüben Augen? Seht ihr das auch, Freunde. Der Geck hat uns noch etwas verheimlicht! Freund Augenklappe, sei so nett!"

Der Wirt fasste sich erschrocken an den Hals.

„Gibst du mir das Kettchen mit dem Anhänger freiwillig oder muss ich deinen Kopf von den Schultern schlagen, damit ich es abnehmen kann?"

„Bitte, Ihr Herren, dieser Schlüssel gehört nur zu einer Truhe alter Sachen meiner Familie, Erinnerungsstücke, nichts von Bedeutung."

„Hört, hört, auf einmal sind wir Herren. Wir wollen dir gern glauben, werden uns aber persönlich davon überzeugen. Finden wir nur Tand, ist es gut. Aber hast du uns belogen, dann wehe dir!"

Sie fesselten den Gastwirt an einen Baum und ließen sich dabei genau beschreiben, wo die Truhe stand.

Im Gasthaus angekommen, riefen sie nach der Hausdame. Sie zeigten ihr den Schlüssel und fragten nach der Truhe.

„Erzähl uns hier nichts vom Pferd, Alte, sonst bleibt dein Herr am Baum."

Die Hausdame führte die gruseligen Gesellen auf den Scheunenboden. Augenklappe übernahm das Öffnen der alten hölzernen Truhe. Er hob einen nach dem anderen die alten Mäntel heraus. Dann stutze er. Er fasste sich und gelangweilt zog er die Blumenkleider heraus.

„Was ist das denn! Eins, zwei, drei, vier. Vier komische Kleider, die der Wirt hier versteckt. Na ja, was soll's. Er hat zumindest da die Wahrheit gesagt. Freunde, hier finden wir kein Gold!"

Er tat so, als würde er die Kleider wieder in die Truhe werfen wollen.

„Hey, nicht so schnell. Diese Dinger da, diese Kleider sind vielleicht hässlich. Aber wir müssen der Oma noch was mitbringen."

„Du hast Recht, Schnauzbart, die hätten wir fast vergessen. Aber der passen die bunten Teile doch nicht."

„Aber sie kann ja aus den Fünfen eins machen! Stellt sie euch vor, die Oma, in so einem bunten, blumigen Fummel!"

Die vier Räuber fingen an zu lachen und lachten noch beim Verlassen der Scheune. Augenklappe hatte die Kleider in einen Beutel gestopft. Keiner nahm mehr Notiz von der Haushälterin. So dachte man. Aber die Männer behielt sie schon im Auge. Sie wedelte zornig mit den Fäusten, was den Männern nur noch mehr die Tränen in die Augen trieb. Sie begannen zu rennen und machten sich aus dem Staub. Ungesehen von der Alten bekam Johannes einen Daumen hoch von Augenklappe.

Die Hausdame war ihnen über den Hof zum Tor gefolgt und sah ihnen hinterher.

Als sie die Wegbiegung erreichten und verschwanden, rief sie nach vier Knechten. Die schickte sie in den Wald, um den Herrn zu suchen.

Johannes war derweil zum Fenster der Waschküche gelaufen.

„Wir haben den Schlüssel, Annabell. Ob meine Brüder etwas gefunden haben, weiß ich nicht. Komm heute Abend zur Dorfschmiede, da wohnen wir."

Der Abend brauchte heute hundert Tage, um zu kommen. Annabell brachte das Warten fast um. Endlich durften sie Feierabend machen. Endlich konnte sie sich davon stehlen.

Sie lief zur Schmiede. Aus den Schatten des Hauses kam Johannes hervor. Er nahm ihre Hand und führte sie in die Stube. Da saßen die Brüder. Neben ihnen lagen noch die Perücken und Bärte und die Säbel. Annabell sah die Börse des Herrn, eine große Truhe und eine kleine. Aber sie hörte auch die Gedanken der Männer im Raum. Sie waren lange nicht mehr so übermütig.

„Wer seid ihr wirklich, du und deine Schwestern?"

„Ihr ahnt es doch schon. Ihr habt die Kleider gefunden."

„Ihr seid nicht von dieser Welt. Wer sagt uns, dass ihr uns nicht etwas antut, wenn ihr habt, was ihr begehrt."

Der alte Schmied und Vater der fünf Söhne war Annabell entgegen gesprungen.

Bertram hielt ihn zurück.

„Vater! Glaubst du das wirklich. Wenn sie so zaubern könnten, warum haben sie uns dann gebraucht?"

„Sie sind verzauberte Höllenhunde!"

„Nein, lieber Schmied. Wir sind nicht so wie ihr, das stimmt. Aber wir sind von dieser Welt. Da gibt es mehr als nur Menschen und Tiere. Da gibt es auch Geister und Fabelwesen. Und ich? Ich bin ein neues Wesen. Ich bin halb Mensch, halb Nymphe. Das ist es, was meine Schwestern sind."

Die Jungen wechselten erstaunte Blicke, obwohl sie es seit dem Fund der Kleider vermutet hatten.

„Wenn ihr gestattet, bitte ich meine Schwestern herein. Gern erzählen wir euch dann unsere Geschichte."

Bevor noch einer was sagen konnte, hatte Johannes die Tür aufgerissen und war auf die Schwelle getreten.

„Wo seid ihr, ihr Schwestern von Annabell. Zeigt euch, kommt herein. Wir haben auch ein Geschenk für euch."

Doch erst Annabell`s Bestätigung lockte die vier anderen aus dem Dunkel der Nacht.

Vorsichtig traten sie ein und blieben stehen. Bertram griff sich eines der Kleider und ging auf die Schwarzhaarige zu.

„Da, bitte, zieh` es an."

Das Mädchen nahm das Kleid und warf es mit einem einzigen Schwung über. Und welch ein Wunder. Aus der schmutzigen jungen Frau wurde ein zartes wunderschönes weibliches Wesen mit klaren wasserhellen Augen. Das schwarze Haar floss wie ein Wasserfall vom Scheitel bis zum Boden.

„Danke, Bertram. Danke, dass wir nach Hause zurückkehren dürfen."

Wieder war es Johannes, der, während die anderen noch staunten, die Kleider unter den Mädchen verteilte. Bald darauf erstrahlte die Schmiede in überirdischem Licht. Eine war genauso schön wie die andere. Johannes brach das Schweigen.

„Annabell, warum brauchst du kein Kleid?"

„Ich sagte es bereits. Ich bin nur halb eine Nymphe."

Schwer wurde gegen die Tür gehämmert.

„Lasst mich ein! Bitte lasst mich eintreten!"

Plötzlich waren viele Stimmen im Raum zu hören. Jetzt erst ging den Brüdern auf, dass die Nymphen sprechen konnten.

„Unser Vater! Unser Vater!"

Die Tür flog auf und der Nymph stürmte herein. Er schloss seine Töchter in die Arme, eine nach der anderen, bis er zu Annabell kam.

„Ich bin sehr stolz auf dich, meine Jüngste. Du hast deine Schwestern befreit."

„Danke, Vater, aber ohne die Brüder wären wir noch nicht wieder vereint."

Johannes zog sie am Ärmel.

„Deshalb hast du gesagt, dein Vater weiß es."

Die Spannung löste sich in fröhlichem Lachen auf. Plötzlich war der Tisch mit köstlichen Dingen gefüllt.

„Setzt euch, ihr Retter meiner Töchter! Esst und trinkt!"

Fridolin lachte.

„Da können wir auch noch etwas beisteuern. Wer hat Appetit auf die beste Mettwurst, die ich kenne?"

Während diesem gemeinsamen Mahl erfuhren die Brüder und ihr Vater die ganze Geschichte. Der Nymph hatte auch seine Menschenfrau mitgebracht. Die schloss ihre Tochter voller Glück in die Arme. Die vier Schwestern hießen sie in ihrer Familie herzlich willkommen.

Als die ersten Sonnenstrahlen aus der Nacht hervorlugten,

verabschiedeten sich die Nymphe und Menschen voneinander.

„Als Dank für eure Hilfe biete ich euch an, eine weitere Schmiede am Ufer des Teiches zu errichten. So habt ihr immer Wasser. Baut Häuser, bringt andere Gewerke zu uns."

Bertram flüsterte seiner Schwarzhaarigen auch einen Abschiedsgruß ins Ohr.

„Dann sehen wir uns ja bald wieder. Ich freue mich darauf."

Bald begannen die Bauarbeiten am Teich, der einen Zufluss bekam. Die Burschen hatten sich schon längst in die Nymphen verliebt. So folgten denn die Hochzeiten und bald darauf gab es die ersten Kinder, die dann so waren wie Annabell. Sie hatten alle die Fertigkeit, Gedanken zu lesen.

Der Gastwirt aber verlor wieder einmal tüchtige Arbeiterinnen.

Doch das allein reichte dem Vater der fünf Töchter nicht.

Er rächte sich damit, dass er den Zufluss des kleinen Baches , der am Gasthaus vorüber floss und dem Vieh als Tränke diente, versiegen ließ.

Es dauerte nicht lange und dem Gastwirt starb das Vieh weg. Die Knechte hatten nichts mehr zu hüten oder zu melken, geschweige denn zu schlachten. Es wurde keine Wurst mehr hergestellt. Dieser für den Gastwirt so wichtige Teil seines Geschäftes gehörte schnell der Vergangenheit an. Wichtige Einnahmen fehlten ihm nun und schmälerten sein Vermögen schmerzlich.

Ich hob mein Glas dem von Peranticus entgegen und wir stießen an.

„Auf dein Wohl, mein großartiger Geschichtensammler. Ich hätte nicht gedacht, dass es so interessant und märchenhaft sein kann, wenn die Geschichten zusammengehören."

„Das müsstest du aber kennen, meine Liebe. Die deutschen Heldensagen sind so aufgebaut. Du weißt schon, Gunther und Kriemhild und -"

„Siegfried und Hagen, natürlich, stimmt. Auch die griechischen Heldenerzählungen bestehen aus vielen einzelnen Episoden, so die Nibelungen oder Herkules -"

„Oder das goldene Fließ. Es wurde nur nicht immer so sorgfältig gesammelt und es existieren selbstverständlich Tausende von Einzelgeschichten."

„Wie geht s weiter, mein kleiner Freund?"

„Das erzähle ich dir morgen."

Der Morgen des nächsten Morgens kam, wanderte über den Mittag und traf endlich den Abend.

Der Dorftyrann

Der Gastwirt brauchte dringend eine neue Einnahmequelle. Der Zufall kam ihm zu Hilfe. Neu eingetroffene Gäste wollten gern einen lustigen Abend verbringen und fragten, ob der Gastwirt das organisieren und hinbekommen würde.

Das war für ihn ja eine leichte Übung. Er rief nach seiner Hausdame und gab alle Wünsche und Anforderungen an sie weiter. Während die jetzt Verantwortliche das gesamte Wirtshaus in Panik versetzte, zog sich der Herr des Hauses in sein stilles Kämmerlein zurück.

Die Hausdame eilte mit schnellen kleinen Schritten von einem Ort zum anderen. Sie gab die Anweisungen zum Kochen und Backen, die Bierfässer wurden herangerollt, die Teller, Tassen und Bestecke poliert.

Die Mädchen kamen mit den gerade fertig gewordenen Blumengestecken.

„Wo sollen wir eindecken?"

Ach, herje! Richtig. Das Haus war voll belegt. Demzufolge waren auch alle Tische für den heutigen Abend besetzt. Der suchende Blick der Hausdame schweifte nachdenklich über den Hof und blieb an der Scheune hängen.

„Die Scheune. Wir nehmen die Scheune. Hopp, hopp, was steht ihr noch rum? Fegen, wischen, dekorieren. Die Tische holt ihr vom Heuboden. Da stehen noch allerhand. Nehmt die großen für die Gesellschaft, auf den kleineren richten wir die Speisen an."

Die Mägde folgten den Worten. Die Scheune war groß und die Arbeit nicht so leicht. Besonders die schweren Eichentische vom Heuboden zu tragen, brachte die Armen an ihre Grenzen.

Indessen suchte die Hausdame die Tischdecken. Sie konnte jedoch nur einige wenige finden. Sie warf sie sich über den Arm und trippelte über den holprigen Hof zur Scheune. Ihr Jammern war bereits zu hören und verschlimmerte sich, als sie tief gebeugt die Scheune betrat. Theatralisch hob sie den rechten Arm und legte den Handrücken an die Schläfe.

„Oh, Gottogott! Oh, Gottogott!"

„Was ist denn passiert? Geht es Ihnen nicht gut?"

„Oh, Gottogott! Oh, Gottogott! Ich habe nur sechs Tischdecken!"

Die Mägde sahen sich fragend an und arbeiteten dann still lächelnd weiter.

Die Feier wurde ein voller Erfolg. Die Gäste aßen, tranken und sangen bis zum Morgen, lautstark und mit jeder Menge Bier vom Fass. Einige von ihnen torkelten noch einen Frühspaziergang durch das Dorf.

Die Hausdame zählte murmelnd die Taler, die die Gäste da gelassen hatten. Der Gastwirt verschloss sie dann allesamt in seinem Schrank. Das brauchte den Steuereintreiber nicht zu interessieren.

Er fand Gefallen an dieser Idee.

„Lass` Sie sich was einfallen, was für Feste wir veranstalten können. Vielleicht finden wir auch ein paar Musikanten, die zum Tanz aufspielen. Na. ja. Sie weiß ja, was den Leuten gefällt."

So war es beschlossene Sache und die rührige Hausdame hatte auch etliche Ideen.

Hochzeiten, Kindstaufen, Geburtstage der städtischen Honoratioren, Trinkfeste für das gemeine Volk, Wettsingen, Kunstmärkte, Frühlings-, Sommer-, Herbst- und Winterfeste, Weihnachten und Neujahr nicht zu vergessen.

Jede Woche stieg mindestens ein Fest. Von Mal zu Mal ging es wilder zu. Von Mal zu Mal wurde es lauter. Von Mal zu Mal wurde er gieriger, der Wirt.

Bei einigen der Feste, so beim Sängerwettstreit, dehnte der Gastwirt sein Hoheitsgebiet einfach aus und benutzte den Dorfplatz als große Bühne. Er fragte bei niemandem nach, ob es erlaubt wäre, ob man es ihm gestatten würde.

Nein, er war der Meinung, es läge allein bei ihm, den Rahmen der Veranstaltungen zu bestimmen.

Die Sängertage waren im Dorf noch ganz gern gesehen, hatten doch da die Dorfbewohner Gelegenheit, daran teil zu nehmen. Die meisten anderen Feierlichkeiten waren meist privater Natur. Und auch wenn der Dorfplatz zum Schauplatz wurde, waren dabei die Dörfler ausgeschlossen.

Der Wirt lud viele Sänger, Musikanten oder auch Puppenspieler zu seinen Festivitäten ein. Sie sangen, musizierten oder spielten kleine Stücke. Sie sorgten für Amüsement und Unterhaltung bei seinen Gästen. Für ihre Auftritte bekamen sie ein paar Pfennige oder auch mal vereinzelt einen Groschen. Verpflegung aber gab es nicht. Nicht einmal einen Becher Wein oder gar ein Stück von im Überfluss gebackenem frischen Brot.

Der Puppenspieler war bereits zum wiederholten Male anwesend.

Seine Kasperlefigur hüpfte auf seiner Hand.

„Du willst etwas sagen? Sprich!"

„Es hat sich nichts geändert. Obwohl er immer mehr Geld einnimmt, honoriert er unsere Leistungen genauso wenig wie beim ersten Fest."

„Kasperle, du sprichst ein wahres Wort. Ich kenne aber auch noch eines – Gier frisst Hirn. Ich habe schon viele Herren gesehen bei meiner Wanderschaft. Deshalb weiß ich, dass er sich selbst kaputt macht. Komm, da drüben wohnt die Brotbackfrau. Die hat immer einen Happen für einen von uns. Danach ziehen wir weiter und suchen uns einen Auftrag, der auch belohnt wird."

So wie der Puppenspieler dachten auch andere Künstler. Im nächsten Jahr folgte niemand mehr dem Aufruf des Gastwirtes, der ihn kannte, für seine Dorffeste.

Doch den verdross das wenig. Künstlervolk und fahrende Sänger gab es genügend, Leute, die fremd waren in der Gegend. So wurde weiter gefeiert, getrunken und gelärmt.

Mitten auf dem Dorfplatz stand eine hundertjährige Eiche.

Was niemand wusste, hier kamen manchmal des Nachts die Zwerge an die Oberfläche, die in der das Dorf umgebenden Bergkette beheimatet waren. Sie liebten es, im Wipfel des Baumes zu sitzen, ihre Beine baumeln zu lassen und von da oben in die Fenster der Menschen zu schauen. Vor allem liebten sie die

Stille, die hier in der Zeit zwischen dem einen und dem nächsten Tag herrschte. Mit der war es jedoch schon lange vorbei.

„So kann das hier nicht weiter gehen! Kunibert, was machen wir?"

„Ja, was machen wir? Suchen wir uns einen anderen Platz?"

Kunibert, der älteste der Zwerge, strich sich über seinen langen weißen Bart.

„Ein anderer Platz, mhm, möglich.

Machbar, vielleicht.

Sinnvoll? Wollt ihr denn weg von hier?"

Die Zwerge sahen sich an und schüttelten einstimmig ihre Köpfe. Die Zipfel ihrer Kapuzen schwangen dabei lustig hin und her, sprangen auf und ab und die kleinen silbernen Kügelchen an den Zipfelenden blitzten wie Glühwürmchen durch die Nacht.

„Ich mag den Baum."

„Ich liebe die Häuser mit ihren hellen Fenstern."

„Man kann von diesem Platz aus jedes Haus sehen."

„Ich habe die Menschen , die im Dorf leben, sehr gern."

„Sie sind freundlich und arbeitsam und geben auf unseren Baum acht."

„Sie wissen aber nicht, dass das unser Baum ist."

„Sie sorgen trotzdem gut für ihn."

„Sie werden vom Gastwirt tyrannisiert."

„Wie wir, ja, ja, auch wenn das keiner weiß."

„Seht nur, überall brennen noch die Kerzen, weil die Leute nicht schlafen können."

„Die kleine Tochter vom Töpfer ist schon krank von dem Lärm."

„Dann sollten wir dem Dorf und seinen Bewohnern die so nötige Ruhe wiederbeschaffen."

Bald danach stand ein neues großes Fest an, zur Freude für den Gastwirt, zum Verdruss des Dorfes.

Sigismund, der kleinste Zwerg, kam von seinem Spähgang zurück.

„Wir müssen uns beeilen, sonst verpassen wir unseren Einsatz."
„Es ist alles bereit!"
Am Nachmittag des Folgetages rollten die Kutschen der Gäste auf den Hof.
Tische und Bänke standen rund um die Eiche auf dem Dorfplatz.
Die Sänger und Akrobaten warteten , im Gras sitzend, auf ihre Einsätze.
Langsam versammelten sich alle zum Fest Geladenen. Die Mägde verteilten Bier und Wein, die Knechte drehten den Spieß.
Der Wirt trat vor die Versammelten und begrüßte sie mit überschwenglicher Freude.
Die Gäste sahen ihn an, die Hausdame hob entsetzt die Arme, Mägde und Knechte wechselten fragende Blicke und der Gastwirt stoppte seine Rede mitten im Satz.
Kein Ton war aus seinem Mund gekommen.
Er versuchte es erneut und sah nur aus wie ein Fisch, der auf dem Trockenen verzweifelt nach Luft schnappt.
Die Hausdame rief ihm etwas zu. Das heißt, sie versuchte es. Auch sie brachte keinen Laut über ihre Lippen. Gäste, Personal, selbst die Sänger versuchten sich. Es war vergebens. Obwohl nun alle durcheinander redeten, riefen oder sangen, blieb es still auf dem Platz unter der Eiche.
Kunibert und seine Zwerge klatschten erfreut in die Hände und schlugen sich gegenseitig auf die Schultern, ohne dabei einen Ton zu erzeugen. Sie lachten und schlugen sich auf die Schenkel.
Sigismund lachte so sehr, dass er fast vom Ast gefallen wäre. Kunibert bekam ihn gerade noch am Fuß zu fassen. Für eine winzige Sekunde war der Zipfel seiner Zipfelmütze mit dem silbernen Kügelchen unter dem Blätterdach zu erkennen. Keiner hatte es gesehen, oder doch?
Unter dem Baum stürzten der Gastwirt, seine Hausdame und die Knechte und Mägde quer über den Platz. Immer weiter

entfernten sie sich dabei von der Eiche und dem Dorfplatz. Nirgendwo war es ihnen möglich, sich stimmhaft zu verständigen. Die Gäste indessen war sauer. Sie erhoben sich nach und nach und gingen zum Gasthof. Beim Betreten des Hofes stolperte einer von ihnen über ein da liegendes Stück Holz und fluchte. Und was soll ich euch sagen, jeder im Umkreis konnte die Worte verstehen. Die Hausdame, noch ein paar Schritte vom Hof entfernt, rief einem Knecht zu, dass Holz zu entfernen. Ohne Stimme und ohne gehört zu werden.

Erst mit Betreten des Hofes erlangte sie ihre Stimme zurück. Mit ihren kurzen Schritten lief sie ihrem Herrn wild gestikulierend entgegen. Der beachtete sie endlich und hörte dann auch die Gespräche im Hof seines Hauses. Nach einigem Hin-und Herprobieren wurden alle Tische und Bänke in den Hof getragen.

Endlich konnte das Fest eröffnet werden. Der Wein floss in Strömen und spülte auch die erwarteten Taler in die Taschen des gierigen Gastwirtes.

Die Feiernden machten sich bald keine Gedanken mehr über den Vorfall an der Eiche. Der Gastwirt schon. Die nächsten Tage sahen die Dorfbewohner ihn öfter rund um den Baum. Er lauschte den Diskussionen der Männer, den Worten der Frauen, dem Lachen der Kinder. Alle konnten sprechen.

Eine Magd rief nach ihm und er antwortete, ganz normal.

Nur ein Fest konnte er nie wieder organisieren auf dem Dorfplatz. Da verstummten alle Menschen. So blieb dem Gastwirt nichts anderes übrig, als sich auf seinen Hof zu beschränken. Doch deswegen wurde es nicht etwa leiser bei seinen Feiern. Die laute Musik tönte weiter durch die Nacht. Der Boden bebte durch das Stampfen der Tänzer. Die Dorfbewohner schliefen weiterhin kaum in solchen Nächten.

Die Zwerge berieten sich.

„Unser Baum ist doch wieder ein Platz der Stille."

„Nicht, wenn die Nächte durch die lärmenden rücksichtslosen Feierwütigen weiterhin so gestört werden."

„Ja und denkt an die Dörfler. Denen konnten wir mit unserem Zauber noch nicht wirklich helfen."

„Das hast du gut erkannt, Sigismund."

„Die Fußböden in den Häusern beben, wenn getanzt wird. Einige der Häuser habe bereits Risse in den Wänden. Wenn der Wirt so weitermacht, könnten einige von ihnen einstürzen. Dann stehen die Leute vor dem Nichts."

„Aus euren Bemerkungen entnehme ich, dass wir uns einig sind, dem ganzen Spuk endlich ein Ende zu setzen?"

Die kleinen Männer nickten, die Zipfel der Kapuzen wippten und die Silberkügelchen blitzten bejahend im Laub der Eiche.

Kunibert zog die Stirn in Falten.

„Wie weit gehen wir?"

„Die Scheune natürlich!"

„Die auf alle Fälle und ich schlage zusätzlich den Hof mit seinem Huckelpflaster vor."

Einige Minuten herrschte das Schweigen der Dunkelheit auch zwischen den Zwergen in der Baumkrone. Nur die Blätter wurden leise vom Nachtwind bewegt.

„Dann sind wir uns ja einig. An die Arbeit Freunde."

Die Zwerge schwangen sich von den Ästen und eilten durch die unterirdischen Gänge zu ihren Höhlen, in denen sie das lagerten, was sie am Tage abbauten.

Die kleinen Männer hatten schwer zu tun. Sie rasteten kaum, aßen wenig und saßen die nächsten Nächte nicht im Laub ihres Lieblingsbaumes.

„Geschafft!"

Nun ruhten sich die Zwerge aus und warteten auf kommende Ereignisse.

Jeden Tag wurde einer von ihnen zur Beobachtung des Gasthauses abgestellt. Heute war Sigismund dran. Er freute sich darauf, den ganzen Tag in den Ästen der Eiche sitzen zu können. Gegen Mittag wurde ihm langweilig. Er suchte sich einen Ast zum Schaukeln. Immer höher wippte er, immer ausgelassener lachte er.

„He, wer ist da?"

Sigismund erschrak sich so sehr, dass er vom Baum fiel. Er purzelte einem großen Hund mit goldfarbenem Fell direkt vor die Pfoten. Der sah ihn mit seinen schwarzen Knopfaugen neugierig an.

„Ich habe dich schon mal gesehen, das heißt, eher deine Zipfelmütze. Wann war das nur? Ah, jetzt weiß ich es wieder. Das war bei dem stummen Fest. Was machst du hier?"

Der Zwerg hatte sich gefangen und erzählte dem Vierbeiner die Geschichte. Noch während Sigismund die letzten Details erwähnte, fing der Hund unter dem Baum an zu singen. Der kleinste der Zwerge staunte mit offenem Mund.

„Das ist doch nichts Besonderes. Das hat mir meine Menschenfrau beigebracht. Ich wohne bei der Brotbackfrau. Wir singen oft gemeinsam. Na ja, für sie klingt das auch nur nach Bellen, aber melodisch. Doch nun zu euch. Der Gastwirt hat für Übermorgen extra Brot bestellt."

„Mhm, du meinst also, dass dann mit Musik und Tanz zu rechnen ist. Super, danke. Ich sage den anderen Bescheid."

Am Abend von Übermorgen fanden sich die Zwerge im Grün der Eiche ein. Sie warteten ungeduldig.

„Nichts! Es ist nichts zu hören!"!

„Kein Ton, kein Wort."

„Kein Stampfen."

Unter ihnen erklang ein freudiges Bellen.

„Ich war im Hof und an der Scheune. Die Zweibeiner unterhalten sich. Aber sobald die Musiker anfangen zu spielen, ist von ihrer Musik nichts zu hören. Wenn sie schreien, kommt kein Laut aus ihren Mündern. Ohne Musik kein Tanzen und ohne Tanz kein Stampfen."

Einige Dorfbewohner versammelten sich auf dem Dorfplatz und machten ihrer Verwunderung Luft, dass es so still blieb, trotz der angesagten Party.

Der Gastwirt indessen tobte. Er versuchte es jedenfalls. Aber auch ihm versagte die Stimme ab einer bestimmten Lautstärke. Seine Gäste aßen und tranken, unterhielten sich ganz normal. Nur die Musik kam nicht in Gange.

„Wirt, zahlen. Bei dir geht es nicht mit rechten Dingen zu. Damit wollen wir nichts zu tun haben."

Die Gäste aus der Nähe liefen, ritten oder fuhren nach Hause, die anderen gingen genervt zu Bett, nur um früh am nächsten Morgen das Weite zu suchen.

Es sprach sich schnell herum, dass das Wirtshaus verhext war und keine Musik mehr erklang. Was nicht ganz stimmte. Die leisen Lieder der Mägde bei der Arbeit konnte man schon noch hören.

Aber seit diesem Tag konnte keine Feier mehr abgehalten werden. Die Dörfler freute es. Neugierig fragten sie sich, was geschehen war. Der singende Hund erzählte es ihnen, immer und immer wieder. Jedoch kein Mensch verstand sein klingendes Gebell. So blieb es ein Geheimnis, dass die Zwerge, genau wie unter dem Dorfplatz, unter dem Huckelpflaster des Hofes und unter dem Scheunenboden wertvolle Edelsteine rundherum verteilt hatten. Diese funkelnden Kinder der Mutter Erde hatten die Eigenschaft, Schwingungen zu erzeugen, die andere Schwingungen ab einer bestimmten Stärke einfach aufnahmen, sie verschluckten und damit laute Töne unhörbar wurden. Der Gastwirt verlor mehr und mehr Gäste, dadurch mehr und mehr Taler. Das Beste an diesem Geschehen ist jedoch die Tatsache, dass er, ohne es zu wissen, auf einem unermesslichen Schatz saß. Hätte er ihn heben können, wäre er der reichste Mann der Gegend geworden und er hätte auch seine Feierlichkeiten wieder aufleben lassen können. Er jedoch trat diesen Schatz unwissend jeden Tag mit Füßen und die Armut streckte ihre Arme nach ihm aus."

„Ein wahrhaft grantiger Zeitgenosse, dein Gastwirt, mein lieber Peranticus."

„Ja, meine Liebe. Man hätte annehmen sollen, dass er aus all dem lernt und sein Tun überdenkt, aber weit gefehlt. Er wurde noch geiziger und sein Verhalten veränderte sich ebenfalls nur zu seinen Ungunsten. Er suchte die Schuld natürlich immer nur bei den anderen. Das kann dir die folgende Geschichte beweisen."

„Du meinst tatsächlich, es geht noch schlimmer?"

Peranticus griff nach den gefüllten Schokoladenkugeln. Der hervorragende Traubensaft floss sanft in unsere Gläser.

Der magische Morgenzauber

Es begab sich zu der Zeit, dass zwei Schwestern auf der Suche nach Arbeit durch das Land zogen. Wo sie gebraucht wurden, hielten sie an. War die Arbeit getan, zogen sie weiter. So gelangten sie auch eines Tages zu dem Wirtshaus mit den vielen Geheimnissen.

Es war kalt geworden und der Winter stand vor der Tür. Arbeit zu dieser Zeit im Jahr war schwierig zu finden.

„Ich habe nur Arbeit für eine von euch. Zwei kann ich mir nicht leisten. Die Geschäfte laufen gerade schlecht."

„Herr, bitte, wir waren noch nie getrennt. Wo sollte die andere auch hin? Weit und breit gibt es hier keine andere Möglichkeit."

„Gut, ihr könnt bleiben, unter einer Bedingung. Ich zahle nur für eine und ihr bekommt auch nur ein Bett."

Lange mussten die Mädchen nicht überlegen. Sie sagten zu und richteten sich ein, so gut es ging.

Der Wirt steckte die beiden in die Küche zum Abwaschen. Auch beim Hausputz halfen sie. Die Hausdame freute sich über die Neuzugänge.

„Es ist so schön, dass ihr da seid. Euch hat der Himmel geschickt."

Die beiden Schwestern freuten sich über die so freundliche Aufnahme, obwohl sie nur für eine Arbeitskraft entlohnt wurden. Sie waren fleißig, freundlich zu jedermann und man sah ihnen ihre gute Kinderstube an.

„Wir könnten sie am Morgen in der Küche einsetzen. Die Gäste brauchen frische Gesichter und schnell sind sie auch."

„Ihr seht doch nur euren Vorteil, Hausdame. Dann müsstet ihr nicht mehr so zeitig aus den Federn. Aber warum nicht, euer Gesicht gegen ein jüngeres, der Vorschlag gefällt mir."

So war es beschlossene Sache und die Mädchen waren ab diesem Moment für das Frühstück in der Restauration verantwortlich. Die

Hausdame zeigte ihnen, wie man sich ein Frühstück in diesem Gasthaus vorstellte.

„Legt eure ganze Liebe in die Gestaltung der Platten und Teller. Dekoriert sie liebevoll. Lasst eurer Phantasie freien Lauf. Außer den Dingen, die ich euch gezeigt habe, seid kreativ und erfindet jeden Morgen noch ein weiteres Gericht für das Frühstück unserer Gäste. Unser Buffet ist bis hin zur großen Stadt sehr bekannt und beliebt."

Die Mädchen gaben sich Mühe. Sie arbeiteten hart. Zeitig in der Nacht standen sie auf und begannen mit den Vorbereitungen. Täglich wurde von der Hausdame, einer ihrer Schwestern oder dem Wirt persönlich, das Buffet kontrolliert.

„Am Anfang habe ich gedacht, hier werden wir es gut haben, liebe Anna."

„Ich auch, liebe Hella."

„Schwatzt nicht so viel, der Abwasch muss noch gemacht werden und vergesst nicht, im Restaurant sauber zu machen!"

Die Gäste lobten die Mädchen für ihre Arbeit. Anders jedoch der Gastwirt und die Hausdame. Die zwei Schwestern mühten sich, ihnen alles Recht zu machen. Viel Zeit verwandten sie auf die geforderten neuen Gerichte auf dem morgendlichen Speiseplan.

„Anna, ich habe eine Idee."

„Hella, was meinst du?"

„Der Herr hat doch ein eigenes Kartoffelfeld, richtig?"

Anna nickte, während sie die Wurstscheiben rollte und auf die Teller legte.

„Nun, wir haben noch Kartoffelsalat von gestern Abend übrig. Der schmeckt doch den Gästen so gut."

„Ja, genau. Wir stellen eine Schale davon mit auf das Buffet. Da werden sich die Gäste freuen."

Es geschah so, wie die Mädchen es sich ausgedacht hatten. Und was soll man sagen, dreimal mussten sie die Schüssel mit dem

Kartoffelsalat auffüllen, so sehr schmeckte der den Gästen zu Rührei und Lachs.

Gerade waren sie beim Ausfegen des Gastraumes, als eine tollwütige Hausdame keifend eintrat.

„Was fällt euch ein, ihr nichtsnutzigen Dinger! Das tut man nicht! Das will ich nie wieder auf dem morgendlichen Buffet sehen! Was hat euch nur geritten?"

„Aber, aber, was ist denn passiert?"

„Was passiert ist? Ihr fragt noch?"

Erregt schaufelte sich die Hausdame Luft zu. Sie griff nach einer Flasche Kräuterlikör und füllte sich ein Glas. Sie setzte es an die Lippen und schlürfte es in einem Zuge aus. Die Mädchen sahen sich erschrocken an.

„So sagt doch, haben wir etwas falsch gemacht?"

„Falsch gemacht, falsch gemacht!"

Die Hausdame kreischte mit immer höherer Stimme die Worte heraus.

„Niemals, hört ihr, niemals, stellt man bei uns Kartoffelsalat auf das Morgenbuffet! Das macht man einfach nicht!"

Anna wagte es, zu widersprechen.

„Aber, werte Hausdame, den Gästen hat es ausgezeichnet gemundet. Sie haben sich sogar sehr über diese Idee gefreut."

„Was gehen uns die Gäste an und überhaupt, wieso wagst du es, mir ein Widerwort zu sprechen? Ab sofort wird das nicht mehr passieren, habt ihr mich verstanden?"

Die zwei Schwestern nickten, obwohl es ihnen noch nicht wirklich einging, warum sie es lassen sollten.

„Es ist nun einmal so. Der Wirt, euer Herr, mag keinen Kartoffelsalat auf dem Buffet zum Frühstück."

Die Hausdame rauschte hinaus und zurück blieben zwei nachdenkliche Mädchen.

„Hast du das verstanden, Anna?"

„Nein, Hella. Das haben wir anders gelernt."

„Genau, bisher haben wir alles so her gerichtet, wie es den Gästen gefällt."

„Nun, hier muss es, glaube ich, dem Herrn gefallen und nur ihm."

Achselzuckend nahmen die beiden wieder ihre Besen zur Hand.

Das blieb aber nicht das einzige Mal. Ständig hatten der eine oder die andere etwas an der Arbeit der Schwestern auszusetzen.

„Das ist zu viel auf den Tellern."

„Wir müssen sparen."

„Etwas weniger tut es auch, das merken die Gäste gar nicht."

„Das machen wir so nicht."

„Das gefällt uns nicht."

„Das braucht mehr Liebe zum Detail."

Gleichzeitig hieß es aber auch:

„Lest den Gästen jeden Wunsch von den Augen ab."

„Kümmert euch darum, dass die Gäste sich wohl fühlen."

Dieses Hin und Her begann, die Schwestern zu belasten. Anna wurde kränklich.

„Liebe Schwester, halt noch ein wenig durch. Bald kommt der Frühling und wir können weiter ziehen."

An einem der folgenden Tage blieb Anna im Bett. Hella schaffte allein in der Küche. In einem ruhigen Moment stahl sie sich mit einem Brötchen und ein wenig Wurst zu ihrer Schwester. Sie glaubte, niemand würde das bemerken. Doch der Hausdame blieb es nicht verborgen.

„Ihr seid nicht nur widerspenstig, jetzt bestiehlst du den Herrn auch noch."

„Ich habe nicht gestohlen, nur meiner Schwester ein Frühstück gebracht."

„Die faul im Bette liegt? Gut, da sie wahrscheinlich sowieso schon alles aufgegessen hat, sei es so. Aber du bekommst heute kein Frühstück mehr und auch kein anderes Essen."

Hella fügte sich, auch weil sie unter ständiger Beobachtung blieb. Nur die Portion für ihre Schwester Anna nahm sie mit, versteckt unter ihrem Rock. Die freute sich und verzehrte das Mitgebrachte. Anna beteuerte bei jeder Mahlzeit, bereits in der Küche gegessen zu haben. Hella, die nichts mitbekam in der kleinen Kammer, hatte keinen Grund, daran zu zweifeln.

Am Abend rief der Wirt Hella zu sich.

„Du bist so ein undankbares Wesen. Ich nahm euch auf, gab euch Arbeit, ein Lager und Essen und ihr? Eine liegt im Bette rum, isst, ohne zu arbeiten. Die andere stiehlt sogar noch für sie. Ich war wirklich geduldig gegen euch. Doch das ist zu viel."

Hella begehrte auf.

„Herr, ich stehle nicht. Meine Schwester ist krank. Sie muss essen, um wieder zu Kräften zu kommen. Ich verzichte ja schon auf mein Brot. Und die Gäste beschweren sich nicht, im Gegenteil. Sie sagen nur Gutes über uns und das Buffet."

Das machte den Wirt nur noch wütender. Er griff nach dem Leuchter auf seinem Tisch und schlug zu. Ohne einen Laut sank Hella zusammen. Sie griff sich an den Kopf und spürte das Blut an ihren Händen herunterlaufen. Mit einem Blick voller Unverständnis sah sie den Gastwirt an, der erschrocken auf das blutende Mädchen herab sah.

„Hausdame, schnell, zwei Knechte!"

Die kräftigen Männer brachten Hella in die Kammer. Entsetzt griff Anna nach der Hand ihrer verletzten Schwester. Die wehrte jede Hilfe ab. Sehr leise und unter Mühen erzählte sie ihrer Schwester, was passiert war.

Die Nacht sah die beiden Schwestern in Tränen vereint. Der heraufsteigende Morgen trennte sie für immer und ewig.

Der Herr zwang alle auf dem Hof, zu dem Vorgefallenen zu schweigen.

„Wir müssen sie auf dem Gelände begraben."

Anna erkaufte sich ihr Schweigen, indem sie die Stelle für das Grab bestimmte.

„Auf der Wiese beim Bach soll es sein. Hella liebte den Sternenhimmel und das Flüstern des Wassers, wenn es Leben spendend, über Wiesen, durch Wälder oder Täler floss."

Es dauerte nicht lange, dann folgte Anna ihrer Schwester nach. Trauernd saß sie am Grab ihrer Schwester, aß nicht, trank nicht und kein Wort oder Versprechen konnte sie von diesem Platze entfernen. Der Wirt mied die Wiese und das Mädchen. Keiner verlangte mehr eine Arbeit von ihr.

Am Morgen des Tages, an dem, wie sie fühlte, Anna zu ihrer Schwester wandern würde, tat sie ein Gebet. Es waren wenige Worte, doch eines Teils mit unendlicher Liebe, andererseits voller Hass gesprochen.

Als die Sonne über den Horizont lugte, brach Anna das Herz.

Schnell und ohne viel Aufhebens wurde sie neben ihre Schwester gebettet.

Einige der Knechte und Mägde verließen am Abend heimlich den Hof. Angst hatte sich breit gemacht. Viele der einfachen Menschen hier waren der Meinung, dass die Schwestern im Tode vereint, sich furchtbar an ihrem Herrn rechen würden.

Die Flucht seiner Angestellten machte den Wirt nur noch rasender.

Aber eines war merkwürdig. Es kamen immer mehr Gäste. Das gute Frühstücksbuffet hatte sich herum gesprochen unter den ständig Reisenden. So musste neues Personal her.

Das neue Mädchen kam aus einem anderen Land. Niemand der wenigen Gebliebenen erzählte etwas. Nach der Einführung bereitete das Mädchen zum ersten Mal allein das Frühstück zu.

„Oh je, es ist doch sehr viel Arbeit für einen allein. Wie soll ich das nur schaffen? Bestimmt werde ich nicht fertig und verliere gleich wieder meine Stellung."

„Keine Angst, wir helfen dir."

Das Mädchen drehte sich nach der Stimme um und sah sich zwei anderen Mädchen gegenüber. Sie leuchteten in einem feinen silbrigen Schein und ihre leichten goldfarbenen Kleider glänzten wie ein Sonnentag. Sie schwebten ganz leicht über dem Boden.

„Wer seid ihr?"

„Wir sind gekommen, um dir zu helfen. Wenn du willst, gib uns einen Namen. Wir haben keinen."

Die beiden wunderbaren Erscheinungen machten sich an die Arbeit und schneller als der Wind einmal das Haus umrundete, war die Arbeit getan.

Das Mädchen bedankte sich voller Freude.

„Ich werde euch Sternchen und Blümchen nennen. Ich heiße Maya."

Von da an trafen sich Sternchen, Blümchen und Maya jeden Morgen. Maya war ein fröhliches Mädchen und die Arbeit machte ihr Freude. Das war auch bei ihren beiden Feen so und so sangen sie gern zusammen bei der Arbeit.

Doch würde jemand lauschen, würde er nur die Stimme Maya's hören und würde jemand durchs Schlüsselloch schauen, würde er nur Maya bei der Arbeit sehen. Das Einzige, was einem gefühlvollen Menschen auffallen könnte, wenn er genauer hinschaute, wäre ein feiner, ganz zarter silberner Schein um das Mädchen herum. Ein Licht vielleicht, wie der Mond es aussendet in einer klaren Nacht oder ein reines Wasser erbringt beim Springen über sandigen Grund.

Maya freute sich täglich auf die beiden, Sternchen und Blümchen. Sie lernte schnell und gemeinsam erschufen sie viele neue Dekorationen oder Anordnungen auf den Platten. Die neuen Gerichte schienen nicht von dieser Welt, so besonders waren sie in Geruch und Geschmack. Die Gäste waren des Lobes voll während sie im Gastraum aßen und tranken. Verließen sie jedoch das Gasthaus, spürten sie bald danach ein sandiges Gefühl im Mund, bekamen Hunger und Durst.

Es dauerte eine Weile, bis der eine oder andere Gast da einen Zusammenhang erdachte. Die Hausdame war selbst ein wenig in schwarzer Magie ausgebildet. Sie hatte schon länger das Gefühl, das da etwas im Argen lag. Sie beobachtete Maya nun sehr genau und brauchte nicht lange, bis der silberne Schimmer ihr ins Auge stach.

„Wusste ich es doch, da ist Hexerei im Spiel, jedoch von der anderen Seite."

Sie berichtete dem Wirt von ihrer Beobachtung.

Während dessen führten Blümchen und Sternchen mit Maya ein Gespräch.

„Nicht mehr lange, dann bemerkt man unser Tun. Sei so lieb und begib dich zur Wiese hinterm Haus. Am Bach findest du einen kleinen Hügel. Darauf wachsen zwei Sorten Kräuter. Pflücke von jedem einen kleinen Zweig und trage ihn ab sofort immer bei dir. Bist du in Not, rufe uns."

„Wollt ihr mir nicht erzählen, was vorgeht, wer ihr wirklich seid und warum ihr mir helft? Und was kann mir passieren?"

Doch die Feen blieben ihr eine Antwort schuldig.

Maya jedoch tat, was die zwei von ihr verlangten. Spät am Abend suchte sie den Hügel auf der Wiese, neben dem Bach. Sie fand alles so, wie die beiden es beschrieben hatten. Sie sah die beiden unterschiedlichen Kräutlein und pflückte von jedem nur einen winzigen Zweig. Beide verbarg sie in ihrer Wäsche direkt am Herzen.

Tage vergingen und die Mädchen ihrer Arbeit nach. Doch die Gerüchte über die Nachwirkungen des Frühstückes im Gasthaus kamen nun auch dem Wirt zu Ohren. Er schickte die Hausdame nach Maya.

„Irgendetwas stimmt nicht mit deinem Frühstück."

„Was sollte das sein. Habt ihr etwas zu beanstanden? Ihr esst doch selbst jeden Morgen davon."

„Ich habe von guten Kunden gehört, dass sie hernach über Hunger und Durst klagen."

Die Hausdame mischte sich ein.

„Du hast geheime Helfer, nicht wahr. Du bist mit Geistern im Bunde. Vielleicht sollten wir dich einem Richter überstellen?"

„Oder du bekommst eine ordentliche Tracht Prügel und wir werfen dich dann zum Tor hinaus!"

Maya war entsetzt über die Worte der beiden und sie bekam Angst.

„Oh, mein Gott, ich habe nichts getan. So helft mir doch, Sternchen und Blümchen!"

Tränen begannen ihre Wangen hinab zu rollen.Der Wirt lachte.

„Es ist immer wieder das Gleiche. Man gibt dem Pack zu essen und eine Arbeit und sie, was machen sie? Sie lügen und stehlen und erzählen Märchen! Auspeitschen sollte ich dich!"

„Helft! So helft doch, ihr Feen!"

Das Zimmer wurde heller und heller. Zwei Gestalten erschienen und manifestierten sich. Überraschte der silberne Schein den Gastwirt, so kniff er, geblendet vom goldenen Glanz der Kleider, die Augen zu.

„Sieh her, du Tyrann! Sieh uns an und erkenne uns!"

Der Hausdame war schon das Herz in die Unterhose gerutscht.

Der Wirt schlug vorsichtig die Augen auf und blickte vorsichtig der Stimme entgegen.

Die zweite Gestalt rief ihn an:

„Schau uns an und sprich unsere Namen aus!"

Der Wirt rutschte auf seinen Stuhl. Er stöhnte auf.

„Wolltest du sie genauso töten wie uns? War dir unser Tod keine Lehre?"

Der Wirt versuchte eine Rechtfertigung.

„Ich habe euch nicht beide umgebracht. Es war ein Unfall!"

„Den du vertuscht hast!"

„Nur eine von euch starb dadurch."

„Warum lügst du immer noch? Mich hast du erschlagen und meine Schwester in den Tod getrieben durch ihren Schmerz um mich."

Die Hausdame wollte heimlich das Zimmer verlassen. Der Raum jedoch war abgesperrt.

„Erzähle Maya, was du getan hast. Erleichtere wenigstens jetzt dein Herz."

„Da gibt es nichts zu erzählen. Was passiert ist, ist eben passiert und ihr zwei seid nicht schuldlos daran. Und nun lasst uns in Ruhe. Maya, geh auf dein Zimmer und wehe du verlierst nur ein Wort über das Geschehen heute Abend. Ihr aber verflüchtigt euch dahin, wo ihr her gekommen seid!"

„Du willst es nicht anders. Von heute an wird kein handwerklicher Zauber, kein künstlerisches Geschick mehr auf deinem Buffet herrschen. Deine Speisen werden schal schmecken und kein Gewürz der Welt kann das ändern. Arbeiten Frühstücksmädchen für dich länger als ein halbes Jahr hier, erfahren sie von irgendwoher die Geschichte der zwei Schwestern und ergreifen die Flucht."

Die zwei Gestalten begannen sich langsam aufzulösen.

„Halt, wartet! Sagt mir eure Namen, auf das ich euch in meinen Gebeten danken kann!"

„Unsere Namen lauten Hella und Anna und dank dir, liebe Maya, dürfen wir diesen finsteren Ort nun endlich verlassen!"

„Auch du kannst gehen. Er kann dich nicht zurückhalten. Gehe sofort, so lange du uns noch bei dir hast!"

Die Schwestern lösten sich auf. Maya grübelte über die letzten Worte nach.

„Was meinten sie nur?"

Sie drückte die gefalteten Hände an ihre Brust.

„Ja, oh, ja, jetzt verstehe ich!"

Sie drehte sich zur Tür und öffnete sie leicht und behende. Der Wirt griff nach ihr, um sie fest zu halten. Sie glitt ihm förmlich aus den Fingern. Die Hausdame tat es ihm nach, mit dem selben Ergebnis. So oft sie es versuchten, so oft entkam sie. Unbehelligt erreichte sie das Tor und schlüpfte hinaus. Laut rufend machte sie sich verständlich. Die Dorfbewohner eilten herbei, um zu sehen, was passiert war. Nach einem kurzen Wortwechsel zogen sie das Mädchen in Richtung der Häuser und eine ältere Dame gab ihr zur Nacht ein Bett.

Am nächsten Morgen saß Maya auf der Bank unter der großen Eiche. Traurig dachte sie an die so hilfreichen Schwestern.

„Wenn ich mich doch wenigstens noch verabschieden könnte!"

„Das kannst du. Hier sind wir."

Im dichten Laub verborgen erschienen Hella und Anna. Die Mädchen umarmten sich.

„Ich werde euch nicht vergessen, versprochen."

„Oh, das wissen wir, da du uns bei dir trägst. Pflanze die Zweige ein, wo immer du zu Hause bist. Sie werden dafür sorgen, dass du nie mehr hungern musst und uns gibst einen Ruheplatz."

Zu der Zeit lief der Wirt gerade zum Bach auf der Wiese. Er wollte den Hügel glätten, damit nichts an diese unselige Tat erinnerte. Als er jedoch ankam, war der Hügel bereits verschwunden. Auf der Wiese wuchs weder eine Blume noch ein Kraut. Das Bächlein hatte sich in die Erde zurückgezogen. Hier würde nie wieder etwas wachsen.

Maya fand nach einiger Zeit einen liebevollen zärtlichen Mann. Sie kauften ein kleines Grundstück. Er baute ein Haus und Maya pflanzte die Zweige ein, die sie immer sorgfältig gepflegt hatte und die gewachsen waren.

Einmal kam sie aus dem Garten und schaute nach ihrer Suppe.

Ein Zweiglein vom Hella-Kraut fiel aus dem Kleiderärmel in die Suppe. Schnell fischte es Maya wieder heraus. Als ihr Mann zum essen nach Hause heimkam, setzte sie ihm die Suppe vor.
Er löffelte immer schneller .
„Maya, was für eine köstliche Suppe hast du mir heute bereitet. So gut hat sie noch nie geschmeckt."
„Mein lieber Mann, ich habe die Suppe wie jedes Mal zubereitet."
„Liebste Maya, sie ist ein wenig anders als sonst. Hast du nicht doch vielleicht ein neues Gewürz verwendet?"
„Nein, habe ich nicht...Doch warte, mir fiel ein Zweiglein vom Kräuterbeet in die Suppe."
Schnell lief sie hinaus und pflückte einen Zweig. Sie roch daran, ihr Mann roch daran. Sodann teilte sie es und warf es in die Suppe auf dem Teller. Der von ihrem Mann wahrgenommene neue Geschmack verstärkte sich und nun erkannte auch Maya die neue Würze in der Suppe.
„Auf welchem Beet wächst denn dieses wunderbare Kraut?"
„Du findest es am Bächlein in einem kleinen extra Feld. Das sind die Kräuter, die ich mitbrachte."
„So sei doch so lieb und bringe mir auch vom zweiten Busch ein Zweiglein. Wir wollen sehen, was dieses kann."
Sie taten wie beim ersten Mal.
„Oh, schmeckst du es auch, liebe Frau. So wundervoll, so rund, so, ich weiß nicht, wie ich es ausdrücken soll. Die Suppe schmeckt, als wenn kein Gewürz der Welt fehlen würde."
Plötzlich wurde es heller in ihrer kleinen sauberen Küche. Ein silberner Schimmer breitete sich aus. Noch ehe die Erscheinungen vollkommen , wurden sie bereits freudig von Maya willkommen geheißen.
„Ihr seid es, oh, wie ich mich freue. Ich habe euch doch so vermisst."
„Aber das brauchst du nicht, wir sind immer bei dir, in unseren

Kräutern."

Maya nahm die Hand ihres Mannes, der erschrocken vom Tisch aufgesprungen war.

„Mein Liebster, das sind Hella und Anna, die mir bei diesem grausligen Gastwirt geholfen haben. Ich habe dir die Geschichte erzählt."

„Wir haben all unsere Liebe und Treue füreinander in diese Kräuter gesteckt und nun endlich hast du ihre Kraft erfahren. Ziehe und verkaufe sie und ihr werdet nie wieder Hunger leiden. Das ist unser Dank an dich, liebe Maya, für deine Hilfe für uns. Wir dürfen nun heimkehren in die Welt der Seelengeister, da du unser Geschenk angenommen hast. Lebt wohl!"

Die beiden glänzenden Gestalten verblassten und verloren sich in der Zeit. Maya und ihr Mann aber befolgten den Rat der Schwestern und hatten von da an keine Sorgen mehr. Die Kräuter waren eine bald sehr geschätzte Zutat in jeglicher Speise. Was ihnen aber zu Ohren kam, war der Bericht, dass nur Liebe gebende Menschen den Geschmack der Kräuter erfuhren.

Wie hypnotisiert hatte ich Peranticus gelauscht. Als sich die tonlose Stille über uns legte, schrak ich auf aus meiner Versunkenheit.

„Oha, lieber Peranticus, es ist schon fast Morgen. Aber deine Geschichte, wunderbar. Ja, du hast sie wieder wundervoll erzählt, aber du kannst ja gar nicht anders. Du bist ja als solcher geboren, als Erzähler. Sag, reicht deine Zeit bei mir diesmal überhaupt aus, um mir alle Geschichten zu erzählen?"

Peranticus lachte laut und fröhlich.

„Alle Geschichten? Da brauche ich Jahre dafür, liebste Freundin.

Doch um diese Sammlung erst einmal zu komplettieren, nun ich denke, so viel Zeit kann ich noch an dich verschwenden."
„Das ist zu liebenswürdig. Ich nehme deine Worte als Kompliment."
„So sind sie gedacht. Dann also, auf die nächste Geschichte."

Mein Zwerg verschwand in der Zwischenwelt. Ich blieb jedoch, dem Gehörten noch ein wenig nachhängend, zurück. Ich fühlte in mich hinein und spürte das wohlige Gefühl der Liebe und Vertrautheit, so wie Kinder es kennen, denen liebevolle Eltern das Zubettgehen mit ihren Stimmen versüßen.
Der Tag verging voller Vorfreude und die Zeit machte schnellere Schritte, um den Abend zu erreichen.
Diesmal jedoch wurde meine Geduld auf die Folterbank des Wartens geschnallt.
„Da bist du ja endlich!"
„Entschuldige bitte, aber mir ist ein wichtiger Termin dazwischen gekommen."
Während ich den Wein einschenkte, musste ich doch lächeln.
„Du? Du hast Termine?"
„Wieso nicht! Ich habe sogar eine Art Chefin, wie ihr Menschen so jemanden nennt. Ja und da kann es vorkommen, dass sie den Wunsch äußert, mich sehen und sprechen zu wollen oder mir jemanden vorstellt."
„Klingt ja genauso spannend wie deine Geschichten. Darf ich fragen, wie sie heißt, deine Vorgesetzte?"
„Bei uns heißt das Hüterin und ihr Name ist Figurina. Ehe du mich noch weiter aushorchst, sie bat mich, einem relativ erfolglosen Schreiber ein paar notwendige Dinge aufzuzeigen. Und nein, ich

habe und werde ihm auch keine Geschichten erzählen. Das ist ganz allein dein Vorrecht.

Doch nun genug davon. Kommen wir zu unserem Gasthaus und einer weiteren schaurigen Berichterstattung.

Weißt du, ich verstehe nicht, warum Menschen sich nicht einfach ändern, wenn sie merken, dass sie ihr Leben nicht so richtig im Griff haben oder nicht die Erfolge erzielen, die sie sich wünschen. Sie gehen weiter ihren Weg bergab, so wie auch unser Gastwirt.

Zum Beweis erzähle ich dir jetzt die Geschichte um – mhm, mhm, lecker -

Die Spiegelscherben

Der Wirt hatte viele Mägde und Knechte weg geschickt. Er konnte sie nicht mehr bezahlen. Außerdem aßen sie, seiner Meinung nach, viel zu viel. So verblieben neben den Köchen nur drei Mägde und ein Knecht auf dem Hof. Der Knecht arbeitete für fünf. Er musste den Hof in Ordnung halten, Reparaturen ausführen, wenn etwas entzwei ging, das Holz hacken, einkaufen und den Herrn kutschieren. Den Mägden ging es ähnlich.

Eines Tages fiel die alte Magd morgens in der Küche um und war tot. Es musste dringend Ersatz her. Die Alte war für die Gäste und die Restauration verantwortlich. Einige wenige Reisende verirrten sich noch in seine Gastwirtschaft. Doch aus der Umgebung wollte kein Mädchen mehr für ihn arbeiten. Der Gastwirt fuhr in eine weit entfernte Stadt.

Den ganzen Tag über suchte er bei den bekannten Vermittlern nach einem Frauenzimmer. Er scheute sich auch nicht, junge

Mädchen auf der Straße anzusprechen. Aber die, die in Frage kamen, wollten nicht und die, die wollten, kamen für ihn nicht in Frage. So kam der Abend und sah ihn immer noch erfolglos auf dem Weg in seine Herberge.

„Herr, auf ein Wort. Ich denke, ich kann euch behilflich sein."

Der so Angesprochene sah sich um und erblickte eine zerlumpte Bettlerin. Sie stand da, tief gebeugt und stützte sich schwer auf einen Stock.

„Geh, Alte. Du wagst es, einen Herrn wie mich zu belästigen?"

„Nein, Herr. Ich habe, wonach ihr sucht."

„Woher? Was suche ich denn?"

„Kommt mit mir. Es ist nicht weit und ich zeige euch ein Täubchen, das euch gefallen wird."

Der Wirt wollte noch etwas erwidern, aber die Alte drehte sich um und lief zielstrebig die Gasse hinunter; sicher, dass er ihr folgen würde.

In ihrem schäbigen Heim angekommen, rief die Alte das Mädchen zu sich. Der Gegensatz konnte nicht größer sein. Ein hoch gewachsenes hübsches Kind betrat die dunkle Stube. Trotz des wenigen Lichtes der einzelnen Kerze erkannte der Wirt, wie sauber und adrett das junge Mädchen gekleidet war, mit frischem Gesicht und gewaschenen Händen.

„Warum willst du sie verkaufen? Mir scheint, du brauchst selbst eine Magd."

„Das ist nicht irgendein Mädchen. Sie kann viel arbeiten und bald wirst du merken, wie unersetzlich sie ist. Ich habe ihrer Mutter versprochen, dass sie gut versorgt sein wird. Und was gibt es bei mir schon zu tun?"

Der Wirt und die Alte wurden sich einig. Er musste nicht großartig handeln.

Zeitig am frühen Morgen des neuen Tages holte er das Mädchen ab.

„Name?"

„Ich heiße Katarina, Herr."

„Gut. Kati ab jetzt. Alles andere ist zu lang. Setz dich zum Kutscher auf den Bock. Er wird dir während der Fahrt das Wichtigste erläutern. So verlieren wir keine Zeit und du kannst gleich nach der Ankunft mit der Arbeit beginnen!"

Bald schon waren alle des Lobes voll über die neue Magd. Das kam dem Herrn zu Ohren.

„Hausdame, was ist so besonders an dem jungen Ding?"

„Es scheint, Herr, als wäre sie an mehreren Orten gleichzeitig, so flink ist sie."

Der Gastwirt sah seine Hausdame mit schräg gehaltenem Kopf an.

„Habt ihr mal wieder einen Kleinen über den Durst getrunken?"

„Aber nein, Herr. Es ist so, wie ich es sage. Bereitet sie ein Frühstück in der Küche und ein neuer Gast trifft ein, so ist sie zur Stelle, um ihn zu begrüßen. Wäscht sie das Geschirr und der Knecht kommt mit dem Holz, ist sie da und öffnet ihm die Tür. Hat sie in der Gastwirtschaft zu tun und jemand ruft auf dem Hof, wie ein Wunder geht sie ihm sofort zur Hand. Es gibt viele solcher Beispiele, jeden Tag."

„Dann hat sich der Kauf ja gelohnt."

Die Tage reihten sich aneinander wie die Strohbünde auf dem Feld und die Lobreden rissen nicht ab. Der Wirt fing an, die Magd zu beobachten und probierte ihre Schnelligkeit aus. Wann immer, was immer er wollte, sie war scheinbar aus dem Nichts zur Stelle und tat, was nötig war.

Der Herr rief das Mädchen zu sich.

„Ist etwas nicht in Ordnung, Herr? Seid ihr unzufrieden mit mir?"

„Nein, eher im Gegenteil. Du scheinst sehr schnell zu sein. Zu schnell. Wie machst du das?"

„Das darf ich euch nicht verraten, Herr. Die Hexe hat es mir verboten. Wenn ich es jemals erzähle, muss ich sterben."

Der Gastwirt drang in sie, bat sie, schrie sie an. Umsonst. Kein Wort der Erklärung kam über die Lippen des armen Kindes. Er hörte auf, sie zu bedrängen. Sie sollte weiterhin so gut für ihn arbeiten. Er hatte schließlich nichts davon, wenn sie ihr Wort brach. Er würde doppelt verlieren, die Magd und das für sie bezahlte Geld.

Er hatte eine bessere Idee.

Er ließ sein Pferd satteln und ritt in die Stadt, aus der er die Magd mitgebracht hatte. Am Haus der Alten angekommen, donnerte er seine Faust gegen die Pforte.

„He, Alte! Zeig dich. Ich brauche mehr solcher Mägde!"

„Haben der Herr Gefallen gefunden an meiner Magd."

„Gefallen! Sag mir, wie du sie so flink machst. Ich will dich gut entlohnen!"

Diesmal fiel der Handel härter aus. Es kostete den Gastwirt viele Taler, das Geheimnis der Alten.

Für den Rückweg war eine Kutsche nötig.

Mit einer Idee war der Wirt zu seiner Reise aufgebrochen, mit zwei Geheimnissen kehrte er zurück.

Von da an kamen ständig wieder Gäste und Kaufleute in das Gasthaus. Das Besondere an ihnen war, dass sie immer eine Magd oder einen Knecht bei sich hatten. Bezahlten sie am Morgen die Rechnung für die eine Nacht, war diese so horrend hoch, dass sich auch die Hausdame keinen Reim darauf machen konnte.

„Zerbrecht Euch nicht Euren alten Schädel. Nehmt das Geld, packt es in die Truhe, schweigt darüber. Dafür bekommt ihr jedes Mal zwei Taler extra, für Euch."

Die Hausdame, erfreut über die Zusatzzahlungen ihres Herrn, verschwendete keinen weiteren Gedanken an die Herkunft des Geldes.

Brachte das eine Geheimnis den Reichtum zurück auf den Hof, begann das zweite den Herrn zu zeichnen. Sein hartes Herz war nicht sichtbar. Dieses Geheimnis jedoch begann, ihm die Farbe zu entziehen. Seine Haut, seine Haare, seine Augen, sein Mund, diese natürlichen Farben wurden jeden Tag ein wenig blasser.

Nun kam es, dass ein Bursche aus dem Dorf sich in die junge Magd verliebte.

„Lass uns heiraten, mein Herz. Wenn du meine Frau bist, brauchst du nie mehr für den Gastwirt arbeiten."

„Wie gern würde ich mit dir gehen, aber ich kann nicht."

„Du liebst mich nicht wirklich!"

Traurig sah die Magd ihren Freier an.

„Jeder Vogel, jeder Baum im Wald weiß, wie sehr ich dich liebe."

„Du sprichst mit Tieren und Pflanzen, aber nicht mit mir?"

Kopfschüttelnd und verwirrt verließ der Bursche die Magd. Es machte ihn traurig, manchmal wütend, dass seine Liebste ihn nicht erhören wollte. Die Mutter des jungen Mannes bemerkte seine innere Zerrissenheit.

„Die Liebe lässt dich nicht mehr klar denken, sonst würdest du selbst auf diese Idee kommen. Es ist doch ganz einfach."

Aufmerksam lauschte der Sohn den Erklärungen seiner Mutter.

Kati nutzte jede nur so kleine Möglichkeit, sich in den nahen Wald zu flüchten. Hier kam ihr krankes Herz ein wenig zur Ruhe. Ihre Tränen liefen ungestört ihre Wangen hinunter.

„Ihr Vögel, kommt und singt mir, damit ich den Schmerz über meine Liebe wenigstens ein Liedlein lang vergessen kann. Ihr Hasen und Rehe kommt und legt euch zu mir, da mein Liebster es nie kann."

Max, so hieß der junge Bursche, war der Magd in den Wald gefolgt. Er sah mit Staunen, wie die Tiere des Waldes dem Ruf seiner Liebsten folgten. Die Vögel zwitscherten um die Wette, die Hasen und Rehen lagerten ruhig neben ihr.

Seine Zeit war gekommen. Er trat hinter dem Baum hervor. Aber nicht ihn sah das junge Mädchen. Für sie erschien ein Geist.

„Oh, wer bist du?"

„Ich bin der Geist des Waldes, mein liebes Kind. Deine Trauer schmerzt mich, dein Schmerz trauert mich. Gibt es denn keine Hilfe?"

„Niemand kann mir helfen. Ich darf zu niemandem sprechen, zu keinem Menschen.

„Ich bin aber kein Mensch, mein Kind. Zu mir kannst du sprechen, vertraue mir nur."

Das Mädchen musterte die Gestalt vor sich. Ihr Gewand war bräunlich und sah aus, als wäre es aus Rinde gewoben. Statt der Hände erblickte sie zwei Astgabeln. Am Kopf konnte sie zwar ein paar schwarze Augen erkennen, der Rest jedoch waren nur Laub und Zweige. Die Täuschung war perfekt.

Max war so sehr auf das Geheimnis seiner Braut fixiert, dass er ihren Hinweis überhörte und sie nochmals bat, zu sprechen und ihr Herz zu erleichtern.

Kati, deren Augen tränenverschleiert waren, und froh, ihren Kummer endlich jemandem mitteilen zu dürfen, bejahte die Bitte des Geistes und erzählte ihm ihr trauriges Schicksal.

Kaum hatte sie geendet, als ein wütender Donner über dem Wald grollte und ein Blitz vom Himmel hernieder flog. Das kalte Licht traf Kati in die Brust. Sie fiel rückwärts auf den Waldboden. Im Fallen hob sie die Hände dem Geist entgegen.

„Wer bist du? Warum hast du das getan? Du bist kein Geist! Du musst ein Mensch sein!"

„Kati, liebe Kati! Ich bin es, dein Max!"

Aus den Augen des Mädchens strömten die Tränen wie ein Fluss.

„So, wie diese Tränen, weicht nun auch das Leben aus mir. Ich habe dir doch gesagt, dass ich sterben muss, wenn ein Mensch hört, was ich sage. Ich wollte schweigen, um wenigstens bei dir sein zu können. Dich sehen und lieben von der Ferne hätte mir gereicht für mein Leben."

Max nahm die Hände seiner Geliebten in seine.

„Mir aber nicht, mein Herz."

Der Atem der am Boden Liegenden wurde schwächer.

„Es muss doch möglich sein, dich zu retten, meine Kati! Sag mir, was kann ich tun?"

„Mein Liebster, es ist wohl zu spät für mich. Doch gehe und suche die Hexe, die mir das angetan hat. Vielleicht kannst du anderen damit noch helfen."

Das Mädchen legte ihren bis dahin erhobenen Kopf müde auf den Rücken eines Rehes, das direkt hinter ihr lag und schloss ihre Augen. Der nächste Atemzug war ihr letzter.

Verzweifelt nahm Max seine geliebte Kati in die Arme. Lange, lange saß er so. Er trauerte, aber es war ihm unmöglich zu weinen. Als die Nacht bereits weit fortgeschritten war, hob er sein Liebstes auf seine Arme und trug sie heim zu seiner Mutter. Die war entsetzt über das Geschehen.

„Warum hast du nicht auf sie gehört?"

„Ach, Mutter! Ich war so versessen darauf, ihr zu helfen, dass ich das nicht für wichtig erachtete. Ich glaubte, sie sage das nur so, um nicht reden zu müssen."

„Wir wollen sie beerdigen, mein Sohn."

„Nein, Mutter, bitte! Gib mir einige Tage Zeit. Ich werde die Hexe suchen und finden.

Wenn Kati recht hat, gibt es noch mehr so arme Geschöpfe wie sie. Ihnen will ich helfen. Komme ich erfolgreich zurück, dann Mutter, dann begraben wir sie hier am Haus. Bis dahin bitte ich dich, sorge für sie, wasche und kämme sie täglich und bewache sie, auf dass niemand sie hier findet. Versprich es mir!"

Die Mutter, obgleich etwas furchtsam, wegen des sonderlichen Wunsches ihres Sohnes, versprach zu tun, wie er es forderte.

Max machte sich sofort auf den Weg. Zuallererst lief er zum Gasthaus. Hier herrschte Aufruhr, denn der Wirt suchte seine beste Magd. Als eine der anderen an seinem Horchposten vorbei lief, griff er sie sich und zog sie hinter da Gebüsch.

„Weißt du, woher der Herr Kati mitgebracht hat?"

Das erschrockenen Mädchen atmete ein paar mal tief ein und aus.

„Ich...ich weiß nicht genau...ich glaube aber...warte...ich glaube aus der großen Stadt hinter dem Gebirge."

„Hat er je von einer Hexe gesprochen?"

Die Magd sah ihn erschrocken an. Max schüttelte das arme Ding.

„Nein, nein. Hat er nicht. Nur -"

„Was nur?"

„Nun, Kati selbst sprach einmal von einer alten Frau, von der sie käme."

„Mehr! Hat sie mehr erzählt? So sprich doch endlich!"

„Sie sagte noch etwas über ein kleines Haus an der Burgmauer und einer winzigen Gasse."

Max ließ das Mädchen abrupt los, so dass es stolperte. Mit einem kurzen ‚Danke` entschwand er in die Nacht.

Der Bursche lief und rannte und eilte durch drei Tage und Nächte, kaum, dass er sich eine Pause erlaubte. Die Stadt war groß, doch durch den Hinweis auf die Burgmauer konnte Max seine Suche ein wenig einschränken. Er lief die Burgmauer entlang und untersuchte jede Gasse, die mit ihr in Verbindung stand. Er klopfte an jede Tür und fragte nach seiner Kati.

Dann erreichte er die letzte mögliche Gasse. Die Verzweiflung griff nach seinem so kranken Herzen wie eine Schlange nach ihrer Beute. Drei Türen. Er hatte nur noch drei Türen. Seine Faust flog gegen die nächstgelegene.

„Öffnet! So öffnet doch!"

Schritte ertönten. Quietschend zog sich die Tür ins Hausinnere zurück, von unsichtbarer Hand geführt.

„Tritt ein, du Ungestümer, wenn du freundlich gegen die Hausherrin gesinnt bist."

Einen Dank murmelnd trat Max durch die niedrige Tür ins Innere des Hauses. Plötzlich sah er sich einer vom Alter gebeugten Frau gegenüber mit langen pechschwarzen Haaren, die ungepflegt bis fast zum Boden reichten. Tausende Falten durchzogen das Gesicht. Es sah aus wie vertrockneter Boden nach einer langen Dürre. Die Kleider waren verschlissen, so wie der Rest des Mobiliars. Doch Max spürte eine Freude im Herzen.

„Liebe Frau, ihr müsst es sein, die ich suche. Danke, dass ich nun erfahre, was ich zu wissen hoffe."

„Woher willst du wissen, dass dem so ist, Bursche?"

„Entschuldigt, werte Dame, aber ihr seht aus, wie man sich eine Hexe vorstellt und eure Tür öffnete sich von Geisterhand."

Die Alte lachte.

„Vorlaut bist du, Lümmel. Doch du hast ein gutes Auge und verstehst dich auf Komplimente. Die höre auch ich sehr gern. Doch nun sage mir, was du zu erfahren hoffst. Ich habe nicht viel Zeit."

„Liebe Frau, erinnert ihr euch an ein Mädchen namens Kati? Ein Gastwirt hat sie von euch mitgebracht."

Bei der Nennung des Namens richtete sich die Alte etwas auf. Ihr Blick wurde stechend.

„Weiter."

Max beschrieb seine Kati in allen Einzelheiten.

„Der Wirt, was ist mit dem Wirt?"

„Der ist geizig und schlecht zu seinen Leuten. Alle müssen schwer arbeiten, viel zu viel, viel zu lange, ohne gerechten Lohn und oftmals ohne Pausen."

„Und was willst du jetzt von mir?"

Max hatte schon bemerkt, dass das Interesse der Alten an seiner

Geschichte zugenommen hatte.

„Seid so lieb, Mütterchen, gebt mir einen Becher Wasser und einen Kanten Brot. Ich bin schon lange unterwegs zu euch. Dann will ich gern alles berichten."

Die Alte machte eine knappe Handbewegung und vor sich auf dem Tisch fand Max Wein, weißes Brot, ein gebratenes Hühnchen und frische Früchte.

„So bin ich an der richtigen Stelle! Ich danke euch!"

„Sei nicht so voreilig, mein junger Freund. Vielleicht reut es dich bald, meine Schwelle übertreten zu haben!"

Max schüttelte seinen Kopf und langte erst einmal kräftig zu. Gesättigt, wischte er sich brav mit seinem Taschentuch den Mund.

„Bereuen, nein. Wenn ich nur meine Aufgabe erfüllen kann, bin ich euch nicht nur für dieses reiche Mahl zu Dank verpflichtet."

„Hast du denn keine Angst?"

„Vor euch? Nein! Mein Leben ist sinnlos, seit ich durch meine eigene Dummheit meine Liebe verlor. Sie bat mich um Hilfe für die anderen. Das will ich gern tun, auch wenn ihr mein Leben dafür fordern solltet. Dann hört jetzt den Rest der Geschichte und meine Bitte an euch."

Die wenigen notwendigen Worte waren schnell gesprochen.

Die Alte ließ einige Minuten verstreichen.

„Du willst es unbedingt?"

Max wankte nicht und kein Zögern war zu spüren.

„So sei es!"

Die Alte hob beide Arme. Ein Krachen und Blitzen umgab sie. Plötzlich streckte sich ihre Gestalt und aus dem gebeugten uralten Mütterchen wurde eine schlanke schöne junge Frau, deren schwarzes Haar, glänzend nun, ebenfalls bis fast zum Boden reichte.

Max erschauerte, nicht wegen des Zaubers, nein. Er schauderte, weil von dieser Schönheit eine solche eisige Kälte ausging, die man wohl fühlen musste, wenn Gevatter Tod in der Tür stand.

Die kalte Schöne winkte Max, ihr zu folgen. Sie betraten den Nachbarraum. Hier stand nichts außer einem riesigen Spiegel in einem schweren Goldrahmen. Als die Hexe zu sprechen begann, klirrte ihre Stimme wie Eisschollen, die sich aneinander rieben.

„Ich kann dir nur den Weg weisen. Es ist deine Entscheidung. Du erfährst die Antwort auf deine Frage nur, wenn du meinem Ratschlag folgst. Aber denke daran, es kann dich dein Leben kosten."

„Sprecht, meine Dame. Mir rinnen die Sandkörner der Zeit durch die Finger."

„Du erstaunst mich. Nicht nur charmant, auch gewandt in der Rede bist du, Bursche."

„Meine Mutter erzog mich so. Sie war in Stellung bei einer reichen, aber einsamen Dame, die sich auch gern unterhielt und von meiner Mutter vorlesen ließ. Doch nun, sprecht!"

„Du musst in den Spiegel springen!"

„Und dann?"

„Ich sagte dir doch, das weiß ich nicht. Normalerweise schleudere ich eine Person in diesen Spiegel."

„Aber da wisst ihr doch, was geschieht."

„Ich weiß, wie sie sind, wenn sie wieder herauskommen und ich weiß, dass sie niemals mit einem Menschen darüber sprechen dürfen, so wie dein dummes Liebchen."

„Es war mein Fehler. Ich sagte es bereits, also lasst Kati aus dem Spiel. Wie komme ich wieder heraus?"

Das kalte Herz lachte.

„Du kommst zersplittert wie ein Spiegel in Tausend Scherben wieder heraus. Das ermöglicht dir, an vielen Stellen gleichzeitig zu sein."

„Deshalb war Kati immer so flink."

Max durchschoss eine Idee.

„Kamen deshalb so viele reiche Leute zum Wirt auf den Hof? Aber, was konnte er tun?"

Max betrachtete den Spiegel.

„Vor allem, wie konnte er es tun, wenn der Spiegel doch bei euch steht?"

Zornig richtete sich die eisige Schöne auf. Eisblitze zuckten in ihren turmalinschwarzen steinkalten Augen.

„Er hat mich bestohlen! Das ist auch der einzige Grund, dir zu helfen. Glaube nicht, ich bin ein Menschenfreund."

„Das Geld aber nehmt ihr."

„Die Gier verhärtet die Herzen und vernebelt den Verstand. Kälte statt Wärme, Hass statt Liebe. Dafür ist jedes Mittel geeignet. Doch nun entscheide dich. Meine Geduld ist zu Ende. Mehr Hilfe darfst du von mir nicht erwarten!"

„Ihr habt mir genug gegeben. Ich danke euch trotz allem für eure Gastfreundschaft. Ich werde den Versuch wagen, auch wenn ihr nicht wisst, wie ich dadurch meine Aufgabe erfüllen kann."

Max war dabei in die entfernteste Ecke des Raumes gegangen. Nun nahm er Anlauf und sprang in den Spiegel hinein. Er fühlte, wie ihn ein Strudel immer tiefer zog. Gleichzeitig war ihm, als würde sein Körper in tausende Teile zerspringen. Rings herum sah er die fliegenden Scherben des Spiegels. Plötzlich stand er sekundenlang still. Er hörte eine Stimme in seinem Kopf. Dann begann sich der Wirbel entgegengesetzt zu drehen. Er fühlte sich nach oben gedrückt und alle ihn umkreisenden Scherben wurden von ihm angezogen und fielen in seinen Körper ein. Es gab einen kurzen Ruck. Max flog durch die Luft und landete direkt vor der kalten Zauberin.

Er erhob sich, richtete sein Wams und tastete sich ab.

„Keine Sorge, du bist vollständig. Hast du alles erfahren, ja? So verlasse jetzt mein Haus. Du bist auf dich selbst gestellt."

Noch einmal dankend verließ Max die Hütte.

In der Gasse stand er und dachte an seine Mutter.

„Ruf mich, Mutter, rufe mich und wünsche mich herbei!"

Jede Mutter ist mit ihrem Kinde auf wundersame Weise verbunden. So dachte im selben Moment die Mutter an ihren Sohn und sprach es aus.

„Komm nach Hause, mein Sohn. Du wirst hier gebraucht."

Sie schrie erschrocken auf, denn plötzlich umfingen sie zwei starke Arme.

„Du hast mich gerufen, Mutter, hier bin ich!"

Er küsste sie zärtlich und fragte nach seiner Braut.

Die Mutter führte ihn zu einem Lager, welches sie in der Kammer bereitet hatte. Das arme Ding war mit einem Tuch bedeckt vom Kopf bis zu den Füßen. Vorsichtig schlug Max es zurück. Schön wie am Tag ihres Todes ruhte sie vor ihm.

„Danke, Mutter, dass du sie so gepflegt hast. Sie hat sich nicht verändert, nicht wahr?"

„Das muss ein Zauber sein, mein Sohn. Sei vorsichtig."

„Dafür ist es schon zu spät. Doch noch kann ich sie und alle anderen vielleicht retten. Dann wirst du zwei Kinder haben. Gelingt es nicht, brauchst du nicht zu trauern, denn dann wäre ich nur noch eine Hülle ohne jegliches Leben."

Schluchzend barg die Mutter ihr Gesicht in den Händen.

„Oh, hätte ich dir nie, niemals diese Idee in den Kopf gesetzt."

Ohne weiter auf sie zu hören, nahm Max seine Kati auf die Arme.

„Wo willst du hin, mein Junge?"

„Ich muss zum Gasthof. Nur dort erfahren wir Hilfe."

„Der Wirt tobt und schreit schon seit Tagen. Er wird denken, du hast sie umgebracht und dich dafür töten!"

Max schritt trotz der klagenden Worte seiner Mutter zur Tür hinaus. Schnell wurde man auf ihn aufmerksam und eine Traube von Menschen bildete sich um ihn. Irgendeiner lief zum Gasthof voraus. Als der Pulk ihn erreichte, stand der Wirt in der Tür.

„Herr, warum seid ihr so blass!"

Max bekam keine Antwort auf seine Frage. Zwei Handlanger des Wirtes rissen ihm das Mädchen aus den Armen, zwei andere hielten ihn fest.

„Steckt ihn in den Keller. Um ihn kümmere ich mich nachher. Erst einmal brauche ich meine Magd zurück!"

Max bäumte sich auf.

„Das dürft ihr nicht! Ihr tötet sie noch einmal! Ihr wisst doch, dass nur jeder Mensch einmal dem Spiegel anheim fallen kann!"

Der Wirt stoppte seinen Lauf und drehte sich herum.

„Lasst ihn los, er soll mir folgen!"

Max war bereits neben ihm, bevor das letzte Wort gesprochen war. Hätte der Wirt aufgepasst, so wäre es ihm nicht entgangen. So aber war er viel zu stark mit seiner Idee beschäftigt, die ihm gerade gekommen war. Auch überließ er dem stürmischen Bauernburschen die leblose Gestalt. Der Wirt ging voran, über den Hof bis zur Scheune, hinein und zwei Treppen hinauf bis unter das Dach. In der dunkelsten Ecke öffnete er einen Holzverschlag. Max, immer noch mit seiner Last auf den Armen, war ihm stumm gefolgt und trat nun auf den Wink des Herrn vor ihm in den dunklen Raum. Der Wirt verschloss die Tür.

„Nun sind wir allein. Da du das Mädchen tot in deinen Armen hast, weißt du um ihr Geheimnis. Du hast Schuld auf dich geladen."

„Ich nicht weniger als ihr, Herr."

„Du wagst es - „

„Ich habe nichts mehr zu verlieren, Herr. Ich war zu neugierig und bin bestraft. Mir ist mein Leben egal."

Max hatte, trotz des Wortgefechtes aufmerksam den Raum abgesucht, nachdem sich seine Augen an das Dunkel gewöhnt hatten. So sah er auch den noch dunkleren großen Schatten an der Wand.

„Das ist der Spiegel, nicht wahr, Herr? Der, der die Menschen vervielfacht, stürzen sie da hinein."

„Woher hast du diese Weisheit? Aber ja, sicher von deiner so lebendigen Braut. Sicher aber hast du Recht. Schau her!"

Damit zog der Wirt das große Tuch, welches den Spiegel verhüllte, herunter. Er achtete darauf, dass er hinter Max stand, welcher sich mit seiner Kati auf den Armen nun zwischen dem Spiegel und dem Gastwirt wiederfand.

„Weißt du, Bursche, du schuldest mir eine Magd. Ich nehme aber auch einen Knecht in meine Dienste, als Ersatz für sie. Aber da mir ein Knecht nicht reicht..."

Der Wirt hatte bei diesen Worten ausgeholt und stieß Max mit aller ihm verfügbaren Kraft in den Spiegel. Max spürte, wie es ihn von den Füßen hob. Fest, ganz fest umklammerte er seine geliebte Kati.

Es war wie beim ersten Mal. Er fiel in den Strudel und fühlte sich in Tausende Stücke zerteilt. Nachdem der Strudel jedoch die Richtung gewechselt, kamen keine Scherben auf ihn zu. Im Gegenteil. Die Scherben wurden von ihm weg geschleudert und das Selbe geschah bei Kati. Wieder der Ruck und Max fiel auf die Knie, ohne seine Braut aus den Armen zu lassen.

Hinter ihm splitterte Glas und das Geräusch der fallenden Scherben brachte ihn vollends zur Besinnung.

Vor ihm stand der Wirt und starrte ihn voller Entsetzen an.

Zur gleichen Zeit regte es sich in Max' Armen.

„Max, Liebster, wo bin ich, was ist geschehen?"

„Oh, Kati, du lebst, mein Herz! So war ich erfolgreich. Ich habe dich befreit!"

Die beiden umarmten sich.

Der Wirt griff ein und riss sie auseinander.

„Ich weiß nicht, was hier vorgeht, du Dummkopf hast den Spiegel zerstört! Wie soll ich je wieder Mägde und Knechte vervielfachen und gutes Geld verdienen!"

Max entwand sich dem harten Griff und half Kati auf die Füße.

„Den Spiegel habt ihr selbst zerstört. Habt ihr vergessen, dass jeder Mensch nur einmal hinein geworfen werden kann? Ein zweites Mal zerstört den Spiegel auf ewig."

„Aber du bist doch das erste Mal hinein gefallen und deine Liebste da, die schien doch tot zu sein."

„Liebe vermag so einiges im Leben, Herr. Liebe ist genauso ein Zauber wie euer Spiegel hier. Deshalb lebt Kati wieder und der Zauber ist von ihr genommen. Sie ist wieder nur ein ganz gewöhnliches Mädchen."

Der Wirt raufte sich die Haare und dachte nach. Bei den letzten Worten des vorlauten Burschen horchte er auf.

„Meinetwegen ist das Weib wieder normal. Aber du, Bursche, du bist das erste Mal hinein gefallen. So verbleibt mir doch ein Knecht mit einer wunderbaren Eigenschaft."

„Glaubt ihr das wirklich, Wirt?"

„Na sicher! Doch. Freilich. Nicht? Wieso?"

„Weil ich das erste Mal freiwillig in den Spiegel gesprungen bin. Denkt nach! Woher sonst hätte ich all mein Wissen über euch und den Spiegel?"

„Das könntest du nur von der alten Hexe haben, doch das geht ja gar nicht."

„Stimmt, nur das der Grund ihr seid. Und ich weiß auch, dass sie euch hat wissen lassen, dass nur jeder einmal im Spiegel erscheinen darf."

Drohend richtete sich der Wirt auf.

„Ich lasse dich einsperren, du Wicht!"

Max lachte ein fröhliches Lachen.

„Das werdet ihr ganz bestimmt nicht. Ich kenne die Geschichte des Spiegels, euren Raub desselben, nachdem ihr die alte Frau erschlagen habt."

Der Wirt erbleichte, obwohl er bereits so blass war, dass es kaum noch auffiel.

„Was ihr aber nicht wisst, die Alte war kein gewöhnlicher Mensch, sondern sie ist eine Zauberin, ein Wesen aus der Geisterwelt, das man nicht töten kann. Sie war vor uns da und wird auf eurem Grabe ganz sicherlich tanzen."

Der Wirt taumelte an die Wand. Max nutzte die Gelegenheit, nahm seine Kati an die Hand und lief hinaus in den freundlichen Tag. Die Menschen, die immer noch auf dem Hof ausharrten, freuten sich, die beiden zu sehen. Da niemand gewusst hatte, dass Kati nicht mehr lebte, dachten alle, sie wäre nur ohnmächtig gewesen.

Die Mutter umarmte ihren Sohn und begrüßte auch Kati liebevoll. Gleichzeitig ging an vielen Orten im Land Merkwürdiges vor. Mädchen und Jungen, Männer und Frauen blieben stehen, wo und in welcher Haltung sie gerade waren. Es ging ein Ruck durch sie und plötzlich kamen aus ihnen Spiegelscherben hervor und fielen um sie herum. Nachdem auch die allerletzte kleinste Scherbe den Leib verlassen hatte, gingen sie in Rauch auf. Sie waren von ihrem Fluch befreit und wussten nicht, wie es geschah. Ihre Herren tobten, jeder einzelne von ihnen aber feierte sein neu gewonnenes Leben.

Derweilen stand der Wirt vor den Scherben seines Spiegels.

„Nun, vielleicht kann ich ihn kleben."

Er sammelte die Scherben und setzte das Puzzle in mühevoller Arbeit von vielen Tagen und Nächten wieder zusammen. Fast hatte er es geschafft. Zwei kleine Scherben fehlten noch. Er suchte und suchte.

Ein Donnergrollen erklang und vor ihm erschien die eiskalte Zauberin.

„Erkennst du mich, du winziges Sandkorn von einem Menschen?

Ich bin die, die dir Reichtum und Macht schenkte. Wie dankst du es mir? Indem du versuchst, mich zu töten und was noch schlimmer ist, du hast mich bestohlen!"
Der Wirt krümmte sich vor Angst zusammen.
„Keine Sorge, ich vergelte nicht Gleiches mit Gleichem. Du hast dich bereits selbst bestraft. Du hast deinen Spiegel zerstört. Er lässt sich nicht kitten. Ein Spiegelbild darf nie von Linien durchzogen sein. Nur eine vollkommene Fläche würde dir nützen. Aber außerdem fehlen dir zwei winzige Scherben, nicht war?"
Sprachlos konnte der Wirt nur nicken.
„Die erste Scherbe hast du verloren beim Diebstahl dieses wertvollen Stückes. Ich fand es zu meinem Glück auf dem Boden des kleinen Hauses. Daraus konnte ich, mittels eines noch größeren Zaubers, einen neuen Spiegel erstellen. Das bleibt dir verwehrt. Deine Scherben sind nur Glas und bleiben Glas.
Die zweite Scherbe jedoch sprang ab, als du den Spiegel verladen hast. Ohne das du es bemerktest, drang sie in dein Herz ein. Sie wird dich langsam, aber unerbittlich vernichten. Der Spiegel ist aus der menschlichen Gier gemacht. Die Scherbe ist aus dem großen Ganzen herausgelöst. Da sie nicht mehr vom Spiegel selbst genährt wird, zapft sie dich nun an und saugt dich aus. Du müsstest dich ändern, um frei zu sein. Das aber ist gegen deine Natur. So lebe wohl für heute und so lange du sichtbar bist unter den Menschen!"
Als der Wirt sich von seinem Schrecken erholt, eilte er als erstes zu seinen mit dem Gold aus den Spiegelverkäufen gefüllten Truhen. Er hob den ersten Deckel, den zweiten, den nächsten, den folgenden. Ein Schrei wie von einem wilden Tier drang durch die Mauern. Er stürzte, sich die Haare raufend, immer wieder von einer Truhe zur anderen. Das war unmöglich, nein, es konnte, es durfte nicht sein! Goldtaler hatten seine gierigen Augen erwartet. Was aber sahen sie? Sie erblickten nur Scherben. Jede Truhe war

randvoll damit. Mit der Zerstörung des Spiegels verwandelte sich all sein Gold in nutzloses Glas. Er zog sich verstört in seine Gemächer zurück. Armut und Gier jedoch tanzten auf den Scherben ihres Erfolges bis die Sonne den Morgen wach küsste.

Sekundenlang herrschte Schweigen. Eine leichte Bewegung riss mich aus meiner Trance.

„Großartig, Peranticus! Ebenfalls eine wahrhaftig großartige Geschichte!"

„Ich weiß. Ich sammle nur großartige Geschichten!"

Der große kleine Märchenerzähler griff sich die Schale mit der Schokolade.

„Erzählen macht mich immer so wahnsinnig hungrig. Gieß mir doch bitte noch ein Gläschen von diesem superben Traubensafte ein."

Ich beobachtete meinen Gast dabei, wie er lustig drauf los schmatzte. Dann beeilte ich mich, für Nachschub zu sorgen.

„Huch, jetzt geht es mir wieder gut. Ich habe neue Erzählkräfte getankt. Wie ist es, hast du noch Lust auf eine weitere Geschichte von und mit unserem menschenverachtenden Gastwirt?"

Und wie ich hatte!

Die drei Hexenschwestern

Es war einmal eine Hexe. Sie war jung und sehr schön, mit blonden wallenden Locken, die ihr auf die Schultern fielen. Ihre Augen leuchteten wie Smaragde im Morgentau, ihr geschwungener Mund war die Verheißung selbst. So schön sie war, so hinterhältig war sie auch. Sie trieb gemeine Spielchen mit Hilfe ihrer Zauberei. Sie war eitel und neben sich duldete sie keine andere.

Eines Tages nun erblickte sie einen Jüngling in ihren Reihen, schön und anmutig wie der junge Tag. Sie begann, ihn zu becircen. Er aber lachte sie aus.

„Verschone mich mit deinen Verführungskünsten. Mein Herz hat seine Liebe bereits gefunden und ihr ewige Treue geschworen."

Beim Verlobungsfeste erkannte die Hexe in ihrer Nebenbuhlerin ein gewöhnliches sterbliches Mädchen. Ihre Wut darüber, dass der junge Mann diese ihr, einer Zauberin, vorzog, machte sie blind. Sie verzauberte die Braut mit einem bösen Spruch und noch vor der Hochzeit starb das arme Kind. Der junge Mann blieb völlig aufgelöst im Leben zurück. Wieder versuchte sie nun ihr Glück, doch vergeblich .

„Ich habe meiner Braut die Treue geschworen und diesen Schwur werde ich auch halten."

Viel hatte man der Hexe vergeben, Streiche ignoriert, kleinere Schandtaten heimlich gerade gebogen. Doch niemand griff ungestraft in das Leben der Menschen ein.

Plötzlich stand sie der Hexenmutter des Angebeteten gegenüber.

„Du hast dich nicht nur an einem Menschen vergangen. Du hast es gewagt, damit einen deiner Zunft ins Unglück zu stürzen. So erfahre einmal als Mutter, wie es ist, wenn deine Kinder dich niemals lieben werden!"

Unsere Hexe war ein leichtfertiges Ding und bald vergaß sie den furchtbaren Spruch. Doch auch ihr Herz wurde eines Tages vom Pfeile des Amor getroffen und diese wahre Liebe wurde erwidert. Die Hochzeit war prächtig, so wie es unter Zauberern üblich war. Die Liebe des Paares wurde mit drei Mädchen vollkommen. Die wuchsen auf, so schön wie ihre Mutter. Sie liebten jedoch weder sie noch ihren Vater. Keiner konnte sagen, warum. Die gesamte Bösartigkeit war in ihnen vereint. Was die Hexe auch versuchte, um die Liebe ihrer Kinder zu erringen, nichts trug Früchte. Im Gegenteil, von Tag zu Tag hassten die Töchter die Eltern mehr.

Sie erhoben nicht die Hand gegen sie, doch mit dem Erreichen der Volljährigkeit verließen sie ihr Zuhause. Viel Missgunst und Leid von Mensch und Tier finden sich entlang ihrer Wege.

So erreichten sie auch das Gasthaus. Sie nahmen sich ein Zimmer für die Nacht. Während ihres Aufenthaltes machten sie ihre Beobachtungen.

„Fühlt ihr euch auch so wohl hier, meine Schwestern? Ich fühle Schmerz und Kälte mich umwehen."

„Ich traf den Wirt und eine wohlige Woge von Gier und Herzenskälte überflutete mich. Er ist der unmenschlichste Mensch, der mir jemals begegnet ist."

„Ich traf die Angst in den Augen der Knechte und Mägde. Es ist sehr schön hier."

„Was haltet ihr davon, hier zu bleiben? Nirgends auf unserer bisherigen Reise war ein Platz so wundervoll dunkel, ohne Mitleid, Güte oder gar Liebe."

Die Schwestern waren sich einig. Sie erbaten sich ein Gespräch mit dem Wirt. Bildreich schilderten sie ihre Vorzüge, ihr Können und versicherten ihn ihrer absoluten Loyalität.

Der Gastwirt, der zum einen ständig Personal suchte, selbst nicht zu arbeiten gedachte, war zum anderen geschmeichelt in seiner Eitelkeit, dass diese drei Schönheiten bei ihm zu bleiben gedachten. Er fühlte ihre Seelenverwandtschaft, ohne es in Worten ausdrücken zu können.

Die Schwestern übernahmen das Zepter in Haus und Hof und dem Wirt war es Recht, dass er sich um nichts mehr zu kümmern hatte. Auf einen Schlag bekam er nun in der ältesten Schwester eine neue Hausdame, verantwortlich für die Knechte und Mägde, in der mittleren eine Wirtschafterin, verantwortlich für alle Gästebelange und in der dritten Schwester eine Beauftragte für die Gelder des Hauses.

Von nun an schwelgten die drei Schwestern in den dunklen Gefühlen, die sie umgaben. Ja, sie vertieften den Schmerz und die Angst der Menschen auf dem Hof und die Gier auf Seiten des Hausherren.

Sie wirtschafteten ausgezeichnet. Die halb leeren Truhen des Wirtes füllten sich wieder mit goldenen Talern. Das interessierte ihn. Alles andere verwies er an die drei Schwestern. Keiner seiner Untergebenen kam auch nur auf Armeslänge an ihn heran.

Die Hexen hatten sich eingerichtet. Ihre Macht gegen die Menschen schien grenzenlos zu sein.

Eines Tages stiegen drei Kaufmannssöhne im Gasthaus ab. Aus ihrer Kleidung ging hervor, dass sie weit gereist waren. Sie setzten sich am Abend zu Tisch.

„Brüder, habt ihr auch bemerkt, wie verängstigt die Magd ist?"

„Fragen wir sie, Karl, ob es an uns liegt."

„Nein, nein, meine Herren, das nicht. Es ist mir auch verboten, mit einem Gast zu sprechen."

Nach dem Nachtmahl ging der zweite Bruder in die Remise zu den Pferden.

„Ich wollte noch einmal sehen, ob sie gut untergebracht sind."

„Oh, Herr, ich tue immer mein Bestes. Doch wenn die Hausdame euch hier sieht, geschieht mir Schreckliches."

Verwundert kehrte der Kaufmann zu seinen Brüdern zurück. Da

ein langer Tag hinter ihnen lag, begaben sie sich relativ früh zu Bett. In der Nacht schreckte der Jüngste auf. Er lauschte, glaubte er doch, erregte Stimmen gehört zu haben. Aber es blieb ruhig und so schlief er wieder ein.

Am Morgen machten sie einige ungewöhnliche Entdeckungen.

„Sagt, Brüder, ist die Magd über Nacht gealtert?"

„Sagt, Brüder, hat der Knecht über Nacht einen Buckel bekommen?"

„Sagt, Brüder, kann keiner der beiden mehr sprechen?"

So redeten die drei , einander auf die Unterschiede hinweisend.

Während sie ihr Frühstück einnahmen, erschien die Hausdame. Karl, der Älteste, erblickte sie und sofort stand sein Herz in Flammen.

Beim Beladen der Pferde wurde Herbert, der zweite Bruder, von der Wirtschafterin angesprochen und gefragt, ob alles zu ihrer Zufriedenheit war während ihres Aufenthaltes. Herbert konnte nur nicken, die Schönheit der jungen Frau verschlug ihm die Sprache und ein kleiner Schmerz war in seinem Herzen zu spüren.

Der Jüngste indes, Friedhelm mit Namen, zahlte die Rechnung für Verpflegung und Unterkunft. Auch ihn traf Amor's Pfeil beim Anblick seines Gegenüber.

Die Brüder gestanden sich einander diese Gefühle.

„Ihr erinnert euch, was unsere Amme uns erzählt hat?"

„Ach, Friedhelm, glaubst du an das Geschwätz der lieben Alten?"

„So sagt doch, ist es nicht gerade eingetreten? Hat sie nicht davon gesprochen, dass wir uns zur gleichen Zeit in drei Schwestern verlieben werden?"

„Sie hat aber auch gesagt, wenn wir nicht aufpassen, wird es unser Unglück sein. Wir sollen sorgfältig zwischen Schwärmerei und echter Liebe unterscheiden."

„Nun, das dürfte ja wohl nicht so schwer sein, nicht wahr?"

„Erinnert ihr euch auch an die Gaben, die wir von ihr erhielten?"

Die drei versanken in ihren Gedanken und suchten in ihren Erinnerungen danach.

„Ja, richtig, ich bekam eine komische kleine Spule aus Holz."

„Und ich einen Spiegel aus Quarzstein."

„Und, und ich, ich erhielt von unserer Amme einen kleinen Hammer."

„Hat sie nicht noch etwas gesagt zu diesen Dingen?"

„Mhm, sie sagte nur, die Sachen würden uns helfen, da die Liebe manchmal schwer zu erringen sei."

„Das gehört sicherlich in das Reich der Mythen. Wir wollen die Schwestern aufsuchen, bevor wir abreisen und ihnen unsere Gefühle gestehen."

So traten die drei Brüder vor die drei Schwestern und erklärten sich. Die aber sahen sich an und verfielen in Lachen.

„Liebe? Was für ein albernes Gefühl. Wisst ihr nicht, dass es euch auf eurem Lebensweg nur behindert. Macht ist das einzige, was wichtig ist. Seht uns an, wir beherrschen diesen Hof und seinen Herrn. Für den zählt nur das Geld. Ob seine Leute glücklich sind, Fragen haben, krank werden, das sind Dinge, die ihn nicht interessieren. Er kennt weder Mitleid noch Mitgefühl und wir verstärken seine Gier. Die armen elenden Menschen jedoch beugen sich der Macht, die, wie sie glauben, stärker ist als sie. Sie alle haben Angst vor Veränderungen. Lieber ertragen sie die von uns geschürte Angst und den von uns beigefügten Schmerz. Glaubt uns, dass ist ein Leben nach unserem Geschmack. Was sollen wir mit eurem kleinlichen Gefasel von Liebe?"

Die Burschen schauten sich entsetzt an. Wie konnten sie sich nur so blenden lassen von der äußeren Schönheit der Mädchen. Die Herzen hatten sie vorher nicht geprüft.

„Jetzt, wo ihr unser Geheimnis kennt, können wir euch natürlich nicht mehr gehen lassen. Das versteht ihr sicherlich. Ihr bleibt hier und könnt uns täglich sehen. So seid ihr in gewisser Weise mit uns vereint."

Wieder lachten die drei und diesmal klang der Hohn schrill aus den Tönen hervor.

„So erfahrt auch den letzten Punkt unseres Geheimnisses. Ab sofort stehen hier auf dem Platz vor dem Tor drei wunderschöne schlanke Buchen, zu denen ihr auf der Stelle werdet."

Die drei Brüder spürten plötzlich, wie sie in die Länge wuchsen. Ihre Haut wurde zu Rinde. Aus den Füßen wuchsen Wurzeln, die tief in die Erde eindrangen. Sie wollten schreien, doch kein Ton kam mehr über ihre Lippen. Aus ihren stolzen Häuptern wurden riesige Baumkronen.

Die Hexen ergötzten sich an diesem Anblick.

Der Gastwirt nahm die neuen Bäume gelegentlich wahr, vergaß sie jedoch gleich wieder. Die Menschen auf dem Hof machten einen großen Bogen um die plötzlich gewachsenen Buchen. Sie fürchteten die dunkle Zauberei auf dem Hof, die sie täglich zu spüren bekamen.

Die Zeit floss dahin wie ein ewiger Strom des Gleichklanges. Irgendwann einmal kam ein junges Mädchen aus dem Dorf an den drei Buchen vorbei. Es war ein heißer Tag und so beschloss sie, sich im Schatten der Kronen ein wenig auszuruhen. Sie legte sich unter die Bäume und schloss die müden Augen. Gleich darauf riss sie die wieder auf. Hatte sie nicht gerade Stimmen gehört, ein Seufzen und Klagen? Wie sie sich umsah, fiel ihr die schöne Rinde der Bäume auf. Besonders gefiel ihr die am größten der Bäume.

„Da werde ich ein Stück mitnehmen und einen Anhänger daraus fertigen."

Sie zog ein kleines Taschenmesser aus dem Rock und begann zu schneiden. Plötzlich wich sie angstvoll zurück.

„Was ist das? Ist das Blut? Wieso blutet ein Baum?
Baum, wieso vergießt du Menschenblut?"
Sie bückte sich, pflückte ein paar Gräser und stopfte sie in den
Schnitt. Dann lief sie rasch davon.
Zwei Tage später kam sie wieder. Sie spazierte unter den Bäumen
lang, streichelte ihre Rinde.
„Wie schön ihr seid. Und so gerade gewachsen. Aber du hier, du
fühlst dich so wunderbar warm an, obwohl diese Seite von dir im
Schatten deiner Krone liegt."
Sie lehnte sich an den Baum. Doch was war das? Hatte der Baum
geatmet? Bewegte sich nicht die Rinde? Erschrocken rannte sie
davon.
Nur einen Tag weiter erschien das Mädchen erneut bei den
Buchen. Sie erkor sich die dritte und kleinste diesmal und
kletterte an ihr hoch. Auf einem der unteren Äste blieb sie sitzen.
„Hier will ich warten."
Der Ast begann zu knacken und knarzen. Er bewegte sich hin und
her.
„Wieso bewegst du dich? Heute weht kein Lüftchen."
Das Schwingen wurde immer kräftiger und ausladender und dann
konnte sie sich nicht mehr festhalten und purzelte vom Baum.
„Aber Schwesterchen, was stellst du schon wieder an!"
„Bist du vom Baum gefallen?"
Zwei Hände streckten sich ihr entgegen und halfen ihr auf.
„Hört ihr das auch, liebe Schwestern? Lacht da nicht jemand?"
Doch das Geräusch erstarb und plötzlich war es sehr still unter
den grünen Kronen.
Die drei Schwestern, das waren sie nämlich, erzählten sich ihre
Erlebnisse unter und mit diesen Bäumen. So zeigte die erste den
Schnitt, den sie gemacht. Die zweite ließ ihre Schwestern die
Wärme der Baumrinden fühlen. Die dritte erzählte, wie der Ast
sie geschaukelt hatte.

Die drei Brüder staunten überrascht.

„Meint ihr, sie könnten uns helfen?"

„Wie soll das gehen? Wir können ja nicht sprechen."

„Hört ihr, meine Schwestern, sie raunen wieder. Was, wenn sie verzauberte Prinzen sind."

„Du und deine Märchen! Aber anders herum erzählen die Alten im Dorf, dass der Gasthof seit langer Zeit verzaubert sein soll."

„Siehst du! Vielleicht habe ich ja Recht."

„Warum nicht. Hat nicht dein Baum geblutet wie ein Mensch?"

„Dann müssen wir sie befreien!"

Die Baumkronen über ihnen begannen zu schwingen. Der Wind kam ihnen zu Hilfe. Am Waldboden trieb er die Büsche auseinander und die Mädchen sahen auf einmal ein Stück Leder. Sie liefen zu der Stelle, drückten die Büsche zur Seite und standen von eins auf zwei vor drei geschnürten Bündeln.

Sie zogen sie hervor.

„Dürfen wir denn einfach so hineinsehen?"

Die Äste der drei Bäume schlugen hart im Wind.

„Wir müssen. Ich glaube, die Bäume wollten, dass wir die Säcke hier finden."

„Dann suchen wir nach einem Hinweis!"

Jede von ihnen nahm ein Bündel, schnürte es auf und legte die darin enthaltenen Dinge, Sachen und Papiere heraus.

„Ich habe eine Rechnung aus dem Gasthaus gefunden!"

„Das hier sind Kaufurkunden."

„Seht, hier sind Reisepapiere!"

„Oh, wie aufregend! Sie sind drei Brüder, wie wir drei Schwestern!"

„Aber es sind keine Prinzen."

„Das ist doch egal. Sie sind verzaubert und wir müssen sie befreien!"

„Schaut, hier ist noch ein kleines Beutelchen, fest verschnürt."

„Mach es auf, mach es auf, schnell!"

„Unser treuer Friedhelm. Aber wen wundert das, du hast unsere Amme sehr geliebt."

„Du hast uns nie gesagt, dass du ihre Gaben mit dir trägst?"

„Ihr hättet mich doch ausgelacht, wissen wir doch nicht einmal, wozu sie gut sind."

Inzwischen bestaunten die drei Schwestern den Spiegel, die Spule und den Hammer.

„Was können wir nur tun? Da können uns diese drei merkwürdigen Sachen auch nicht helfen."

Die Älteste legte den Spiegel vorsichtig auf den Boden und die Spule darauf, damit sie auf dem Waldboden nicht verloren ging. Gerade wollte sie sich abwenden.

„Mädchen, seht! So seht doch! Die Spule bewegt sich!"

Die drei beugten sich über den Spiegel, so gut es ging. Sie sahen Bilder. Erst blieb ihnen vor Staunen der Mund offen stehen, dann griffen sie sich voller Entsetzen an ihre Herzen, um sich sofort anzusehen. Und jede sah in den Augen der anderen, was sie selbst fühlte.

„Jetzt wissen wir, was geschehen ist."

„Doch gegen Zauberei sind wir machtlos."

Die jüngste der Schwestern begann zu weinen.

„Wir können nichts tun, gar nichts. Sollen wir von heute an nur hier sitzen und unsere Bäume anbeten?"

War sie die jüngste, war sie auch die stürmischste von allen. Manchmal ging es mit ihr durch. So griff sie jetzt nach dem Hämmerchen und schlug auf den Spiegel ein.

„Wenn ich ihn nicht lebendig haben kann, was nützt es mir und uns, wenn wir ihre Bilder betrachten dürfen!"

Die beiden anderen versuchten, sie zurück zu halten.

„Tue das nicht, dann haben wir gar nichts mehr von ihnen. Du wirst es bereuen!"

Doch es war bereits zu spät!

Das Spiegelglas splitterte und die Bilder der drei Brüder verloren sich im Nichts.

„Was hast du getan! Was hast du nur getan!"

„Ich, verzeiht mir, ich war so wütend auf mich selbst."

Die Mädchen sanken ins Gras und begannen zu weinen.

Zwischen ihren Schluchzern spürten sie plötzlich, wie sich der Erdboden bewegte.

Sie sahen sich um und was erblickten sie?

Die Wurzeln der drei Buchen zogen sich aus dem Erdinneren zurück. Die Rinde verschwand und Haut kam zum Vorschein. Die Kronen der Bäume lösten sich auf und nur Sekunden später standen statt der drei Bäume drei junge Männer vor ihnen. Jeder von ihnen reichte einem Mädchen die Hand.

Karl wies auf eine Narbe an seiner linken Seite.

„Siehst du, hier hat mich dein Messer verletzt. Sie wird mich jedoch immer daran erinnern, dass das der Anfang unserer Erlösung war.

Jetzt aber, meine Brüder, haben wir noch eine Sache zu erledigen!"

Sie nahmen die Mädchen bei der Hand und betraten den zum Gasthaus gehörenden Hof.

Die drei Hexenschwestern eilten, von Ahnungen getrieben, herbei.

„Wir fanden treue Herzen, die uns liebten, ohne zu wissen, wer wir sind. Sie beschützten uns als Bäume und sie versuchten uns zu befreien, bis es gelang."

„Das ist Liebe, das wichtigste Gut im Leben eines Menschen."

„Liebe kann alles bezwingen, die Angst und den Schmerz und die Zauberei!"

Die Hexen, die nicht lieben konnten, erfuhren eine Wärme von diesen sechs Menschen, die zu einer immer stärkeren Hitze wurde. An ihnen entflammte sie sich und im Feuer der glücklichen Gefühle verbrannten Neid, Missgunst und Hass.

Die drei Paare aber feierten im Dorf eine fröhliche Hochzeit. Auch der Vater und die alte Amme der Brüder waren zum Fest gekommen. Karl, Herbert und Friedhelm konnten ihr nicht genug danken.

Die Amme freute sich sehr darüber. Sie wanderte noch einmal zu der Stelle, wo die Bäume gestanden hatten. Von hier konnte sie in den Hof blicken. Was sie sah, hat sie nie jemandem erzählt. Sie verschloss es sicher in ihrem Herzen.

Das Gift, welches die Hexenschwestern statt Blut in sich trugen, war nicht mit verbrannt. Es sickerte tiefschwarz und klebrig in den Boden ein. Mit dem letzten Tropfen erschien eine hoch gewachsene schlanke Gestalt.

„Oh, wie traure ich um euch, meine Töchter. Meine Schuld habt ihr bezahlt. So will ich ab jetzt für immer bei euch sein!"

Die Frauengestalt schrumpfte zu einer ältlichen Dame, die sich auf die Stufen zum Gasthof setzte.

„Hier werde ich morgen um die Stelle der Hausdame bitten. Er wird mich brauchen, da nun auch der Rest seiner Leute das Weite gesucht hat."

„Deine Geschichten werden immer schauriger, mein Freund."

„Das liegt nicht an mir. Ich bin nur der Erzähler. Geschrieben hat sie das Leben und so werden sie weiter und weiter gegeben. Aber diese ganze Hexerei macht hungrig und durstig und auch ein wenig müde."

Ich sah ihm zu, wie er sich die Schokolade auf der Zunge zergehen ließ, wie er mit Kennergaumen den Wein leise schlürfend genoss.

„Wir sehen uns morgen, meine Liebe. Macht es dir etwas aus, mir noch einmal das köstliche Nougat vorzusetzen? Nein, das ist sehr aufmerksam von dir. Dann wünsche ich die eine gute Nacht und angenehme Träume."

Mir noch einen Handkuss zuwerfend, verschwand mein geliebter Märchenerzähler in seine Traumwelt.

Ich schlief unruhig. Im Traum kämpfte ich gegen Geister der Gegenwart, die meinen süßen Peranticus in das tiefste Verlies stecken wollten, was man sich ausdenken kann. Ich aber verteidigte ihn und seine Freiheit mit meinem Anspruch, dass jeder Mensch ein Recht auf Märchenhaftes und Zauberei in seinem Leben hatte. Woher kommen sonst Hoffnung und Glaube.

Der frühe Abend fand uns zwei bereits bequem auf Couch und Sessel ruhend. Peranticus mampfte schon sein geliebtes Nougat und verdrehte vor Genuss die Augen.

„Ich sehe, wie die Neugier in deinen Augen blitzt. Schau, was ich heute mitgebracht habe."

Über den Tisch warf er mir etwas zu. Ich fing es auf.

„Das ist ein schwarzer Kiesel, oval und glatt, kalt."

„Das ist meine Erinnerung an diese nun folgende Geschichte von unserem Gasthaus."

Das unheimliche Gasthaus

Es war einmal ein kleines Mädchen. Ihre Eltern waren gestorben. Ihr Zuhause hatte man ihr weg genommen. So war sie gezwungen, durch die Lande zu ziehen, um sich ihr Brot zu verdienen.

Eines Tages kam sie durch den dunklen Tannenwald beim Rundlingsdorf. Es wurde Abend, sie war müde und hungrig. Nirgendwo war ein Anzeichen von Leben zu entdecken. Selbst die Tiere schienen diesen Ort zu meiden. Die Nacht erwachte und legte sich schwarz und stumm über die Wipfel der Bäume.

Da – was war das? Blitzte da ein Licht durch die Finsternis?

Das Mädchen lief der Erscheinung entgegen. Das Licht blieb vor ihr und wuchs mit jeder Sekunde. Schneller und schneller liefen die Füße, länger und länger wurde jeder Schritt.

Dann stand das Mädchen plötzlich vor einem Tor. Es war nicht sehr hoch und so konnte sie die Lichter sehen, die sie hierher geführt hatten. Der Hof war hell und festlich erleuchtet. Die Fenster des Hauses erstrahlten in einem hypnotischen Glanz. Das Mädchen fühlte die Wärme der flackernden Kerzen wie ein heimeliges Feuer in ihrem Herzen.

Zitternd vor Aufregung wie ein verängstigtes Rehkitz klopfte sie an das Tor.

Der dunkle Laut war noch nicht ganz verhallt, da öffnete sich die schwere Pforte aus Eichenholz. Lautlos schwangen die Flügel zur Seite, ohne das eine menschliche Hand beteiligt war.

Das Mädchen erblickte einen riesigen, mit Huckelsteinen bepflasterten Hof. Ringsherum waren Gebäude zu erkennen, doch nur aus dem Haus zu ihrer Linken kam das wärmende Licht.

„Willkommen. Komm doch herein, mein Kind."

Die Augen des Mädchens folgten dem Klang der Stimme. In der Tür des Hauses stand eine groß gewachsene, sehr dünne Frau mit langen grauen Haaren. Sie winkte dem Mädchen zu.

„Komm herein, Mädchen. Du musst doch frieren und sicherlich bist du auch hungrig."

Das Mädchen nickte und folgte der freundlichen Einladung der alten Frau.

Durch die Tür betrat sie eine Welt voller Licht, Wärme und Glanz.

Die alte Dame führte sie in einen großen Raum mit vielen Tischen. Rechter Hand brannte ein lustiges Feuer in einem riesigen Kamin. Die Alte dirigierte sie direkt zum Tisch vor dem Feuer, zog einen Stuhl heran und hieß sie sich setzen.

Dann eilte sie geschäftig in die sich anschließende Küche. Nur wenige Minuten später standen dampfende Schüsseln mit Kartoffeln, Gemüse und Fleisch vor dem Mädchen, deren Augen vor Freude strahlten wie zwei funkelnde Aquamarine.

Die alte Dame drückte ihr einen Becher mit heißer Schokolade in die noch klammen Finger.

„Iß, mein Kind. Iß und trink so viel du magst."

„Danke liebe Frau. Schon lange war niemand mehr so nett zu mir. Bin ich froh, dass ich euer Licht da draußen in diesem finsteren Wald noch entdeckt habe."

„Ja, ja , mein Kind. Es ist alles gut. Lang jetzt ordentlich zu. Derweil werde ich dir ein Lager richten zum Schlafen. Morgen früh sehen wir dann weiter."

Das Mädchen machte sich hungrig über die Schüsseln her. So sah sie nicht, wie die Alte, fröhlich sich die Hände reibend, den Raum verließ.

Als die Alte wiederkam, waren die Schüsseln leer.

„Entschuldigt, liebe Dame, aber ich habe seit Tagen nichts zu Essen gehabt."

„Das macht doch nichts, liebes Kind. Dafür war das Essen doch da. Wenn dir das Mahl gemundet hat und du satt bist, zeige ich dir gern dein Zimmer für die Nacht. Komm!"

Gewärmt und satt folgte das Mädchen der alten Frau durch einen verwinkelten langen Gang. Nun begann sie auch ihre Müdigkeit zu spüren.

Fast am Ende des Ganges, an etlichen Türen vorbei, öffnete ihre Gastgeberin nun eine Tür zu ihrer Linken. Das Mädchen betrat einen erhellten Raum. Sie sah einen Schrank und Tisch und Stuhl und ihre Augen blieben an einem großen Bett mit hohen weichen Daunenkissen und einem dicken Deckbett aus dem selben Material hängen.

„In so einem feinen Bett habe ich noch nie geschlafen, gute Frau."

Sie legte sich nieder, so wie sie war und war auch sogleich eingeschlafen.

Mit einem bösen Lächeln schaute die Alte auf das schlafende Kind.

„Das wird auch nie wieder passieren."

Die Kälte in den Mauern freute sich über ihr neues Opfer. Leise wie eine giftige Natter schlich sie sich heran und bedeckte den Körper des noch schlafenden Mädchens mit ihren eisigen Schuppen.

Das Mädchen erwachte. Zitternd schlug sie ihre Arme um den Körper und schaute sich um.

Graues trauriges Tageslicht versuchte sich durch das kleine Fenster über ihr in der Wand einen Weg in den Raum zu bahnen.

Erschrocken riss das Mädchen die Augen auf.

Wo waren Schrank, Tisch und Stuhl? Sie lag auch nicht mehr in dem feinen Bett mit der warmen Daunendecke. Schmutziges Stroh unter ihr, eine zerrissene alte Decke über sich, so sah ihr kärgliches Lager aus.

Die Tür flog auf.

„Raus mit dir, Faulpelz! Die Arbeit wartet! Die Gäste erwarten ihr Frühstück. Feuer muss gemacht werden im Kamin! Ab in die Küche mit dir!"

Das Mädchen stolperte vor der alten Frau her in die Küche. Die zeigte ihr, wie man Feuer machte in dem großen Kamin.

„Hol Holz! Das liegt am anderen Ende des Hofes neben dem Scheunentor. Und beeile dich, es ist noch viel zu tun."

Das Mädchen trat vor die Tür und schaute über den noch im Dunkel der Nacht liegenden Hof. Kein Licht brannte. Vorsichtig setzte sie einen Fuß vor den anderen. Plötzlich ertönten Stimmen.

„Oh, wie schön, schaut nur, die Alte hat mal wieder ein dummes Ding eingefangen."

„Herrlich, da haben wir wieder viel Spaß."

„Lasst sie uns schaukeln!"

Ein vielstimmiges hämisches Lachen aus hunderten von Kehlen umschwirrte augenblicklich das Mädchen.

Sie erreichte den Holzstoß am Ende des Hofes und lud so viele Holzscheite auf ihre Arme, wie sie gerade noch tragen konnte und machte sich auf den Rückweg. Aber was war das? Die Steine auf dem Boden, eh schon ungleich groß und unterschiedlich hoch, schienen sich zu bewegen. Sie wurden größer, wieder kleiner, schoben sich nach rechts und links. Schwer war es da für sie, gerade aus zu laufen und das Holz nicht zu verlieren. Sie schwankte nun selbst hin und her wie ein Schiff auf diesen steinigen Wellen.

„Gleich, gleich fällt sie!"

„Jetzt! Hurra!"

Das Mädchen stolperte, das Holz rutschte aus ihrem Griff nach allen Seiten und fiel knallend auf die Steine.

Im Fallen sah das Mädchen Hunderte von Augenpaaren, die sie

höhnisch anstarrten. Der Aufprall war hart.

Die Stimme der Alten ertönte, nicht mehr säuselnd und freundlich, sondern hart und kalt wie die Steine, auf denen sie lag.

„Du dummes Ding! Weckst noch die Gäste! Sieh zu, dass das Feuer endlich brennt!"

Das Mädchen stützte sich auf die Hände und richtete sich langsam auf. Und wieder sah sie die vielen grinsenden Augen.

Erschrocken sprang sie auf die Füße. Es waren die Steine, die Gesichter hatten.

„Schaut nur, wie sie glotzt, die Trine!"

„Ihr lebt? So habt ihr mich am Gehen gehindert. Warum?"

„Weil es uns Spaß Macht, du Dummerchen. Sollen wir dir beim Holz sammeln helfen?"

Das Mädchen nickte und erntete ein lautes gemeinschaftliches fieses Lachen.

Die Steine wuchsen in die Höhe, wurden größer als sie. Sie sahen aus wie riesige unförmige schwarze Ballons, die auf und ab schwankten, aneinanderstießen und vor Freude johlten.

Die Holzstücke bewegten sich, flogen auf und ab und hin und her.

„Versuch sie zu fangen, du gutgläubiges Ding!"

Die Steine hatten ihren Spaß mit dem Spiel und jagten das arme Kind über den Hof. Sie bildeten dabei mal eine undurchdringliche Mauer, dann wieder ließ ein Stein sie durch , indem er sich kleiner machte. Endlich hatten sie genug und ließen von ihr ab.

Nachdem das Feuer brannte und die Tische gedeckt waren, zeigte ihr die Alte, wie sie sich ein Frühstück für ihre Gäste vorstellte.

Was waren das für leckere Dinge, die da auf die Platten kamen.

„Lass ja die Finger davon, hörst du. Lass dich nicht erwischen, zu naschen. Du kannst nachher etwas essen, falls unsere Gäste etwas übrig lassen."

Während sie die Vorarbeiten beendete und das Buffett eindeckte, musste sie zusehen, wie die alte Frau eine große Platte füllte.

„Das ist für deinen Herrn. Er hat viel zu tun den ganzen Tag und muss deshalb ordentlich frühstücken. Bring ihm das, dann lernt er dich gleich kennen und du ihn."

Lächelnd wie ein gemeiner kleiner Kobold drückte sie ihr die Platte in die Hand.

„Lauf zu, eine Treppe höher, links. Vergiss nicht, zu klopfen!"

Das Mädchen eilte die Treppe hinauf, klopfte folgsam an der Tür und betrat nach einer herrischen Antwort den Raum.

Das Zimmer war klein, notdürftig eingerichtet und unaufgeräumt. Überall lagen Papiere herum.

„Na, komm schon, bring mir endlich mein Frühstück!"

Erst jetzt sah das Mädchen den Mann am Tisch sitzen. Er war absolut farblos und wirkte so durchsichtig wie Glas. Deshalb hatte sie ihn bei ihrem Eintritt total übersehen.

Sie stellte die Platte vor ihn auf den Tisch. Er schaute kurz über sie hinweg und wischte sie dann wie lästiges Ungeziefer bei Seite.

„Geh, mach die Tür zu. Und wenn du mit dem Frühstück fertig bist, dann fegst du den Hof. Der muss bis zum Mittag sauber sein. Kein Blättchen will ich da sehen, hörst du?"

Das Mädchen nickte verschreckt und verließ lautlos den Raum.

In der Küche wartete die alte dünne Frau.

„Hier ist ein Kittel für dich. Den schenkt dir der Herr. Er ist immer so großzügig."

Das Mädchen schlüpfte hinein.

„Wir backen jeden Tag Brot und Brötchen für den Herrn."

„Aber wir haben doch schon Brot hier, weiß und zart und dunkel und knusprig."

„Widersprich nicht, der Herr will es so!"

Das Mädchen arbeitete fleißig, räumte die Gaststube auf, fegte, machte den Abwasch, buk das Brot und die Brötchen und fegte den Hof mit den garstigen Steinen.

Jetzt, im trüben Licht des Tages sah sie auch die Bäume, die nun zu dieser Jahreszeit ihre Blätter verloren. Die Steine trieben beim Fegen ihr Spiel mit ihr und ärgerten das Mädchen bis zur Erschöpfung.

So verging der Tag und der Abend sah ein müdes und sehr trauriges Mädchen, dass noch die Gaststube ausfegte. Erst wenn sie damit fertig war, durfte sie zu Bett gehen.
Sie trat noch einmal kurz vor die Tür. Von dem gestrigen Lichterglanz in Hof und Haus war heute nichts zu sehen. Das Geviert wirkte kalt und bedrohlich. Sie blickte auf das Tor. Es war nicht verschlossen.
Warum sollte sie hier bleiben, wo sie mit falschen Bildern gelockt worden war und die Wirklichkeit so anders aussah. Verstohlen sah sie sich um. Sie war allein. Schnell war sie zum Tor gelaufen und versuchte es aufzustoßen. Vergeblich! Die Flügel bewegten sich nicht. Das Holz wirkte so kalt und hart wie die Steine im Hof. Sie versuchte es noch einmal und warf sich mit ihrem ganzen Körpergewicht gegen das Tor. Es knarrte. Mit einem Mal begann es zu wachsen, nach oben, in den Himmel. Es wuchs ein Stück über den Dachgiebel hinaus, dann erlosch die Bewegung.
„Wie oft haben andere vor dir das schon versucht, doch keiner ist es je gelungen."
Das Mädchen sah sich nach der dünnen kleinen Stimme um. Aus den monolithschwarzen Schatten der erdschwarzen Nacht löste sich ein rabendunkler Schatten, der zu einem niedlichen kleinen Eichhörnchen wurde.
„Gibt es noch mehr von uns?"
„Gab. Natürlich. Die Hexe fängt alle ein, die sie betören kann. Hier musst du hart arbeiten und bist der Sklave des durchsichtigen Mannes. Und du kannst ihm nicht entkommen."

„Was ist mit den Gästen, merken die nichts?"

„Den meisten ist es egal und die, die etwas bemerken, können nicht wirklich etwas tun. Sie fragen ihn manchmal, ob er euch gut genug behandelt. Sie sehen auch ab und zu, dass ständig ein neues Mädchen da ist. Doch beweisen kann man ihm nichts."

Resignierend winkte das Mädchen dem possierlichen Tierchen zu und ging in ihr armseliges Kämmerchen.

Als alle Bewegung auf dem Innenhof vergangen war, schrumpfte das Tor zu seiner Ursprungsgröße und niemand da draußen ahnte, wie sehr der Hof von der Außenwelt abgeschnitten war.

Die Tage vergingen. Das Mädchen arbeitete hart den ganzen Tag, ohne eine Pause. Sie wurde von den Steinen im Hof und den zwei Menschen im Haus schikaniert. Dazu gehörte auch, dass der durchsichtige Mann plötzlich vor ihr stand, Wünsche hatte, die sofort umgesetzt werden mussten, sinnlose Dinge einforderte. Er rührte dabei keinen Finger, auch wenn er selbst direkt daneben stand. Im höchsten Küchenbetrieb erschien er aus dem Nichts und bestellte sich ein ausgefallenes Mahl. Dabei kontrollierte er immer die von ihr gebackenen Brote und Brötchen, kostete vielleicht ab und an und ließ dann alles in den Müll werfen. Beim Kochen achtete er darauf, dass sie die Speisen nicht zu viel würzte. Das mochte er nämlich gar nicht. Die Gäste konnten ja nachwürzen, wenn sie wollten. Er und die Hexe kontrollierten auch das Buffett, nie durfte zu viel darauf sein, trotzdem sollte es ansprechend angerichtet sein.

„Kind, die Platten musst du mit mehr Liebe gestalten. So geht das nicht."

Wo aber sollte sie die Liebe her nehmen, wenn sie selbst keine bekam?

Eines Tages huschte vor dem Küchenfenster ihr kleines Eichhörnchen vorbei. Sie schnalzte mit der Zunge. Es blieb vor dem Fenster auf der Wiese sitzen und sah zu ihr hoch. Das Mädchen schaute sich um und warf dann einige Brotkrumen aus dem Fenster. Das Eichhörnchen probierte davon, sah sie noch einmal an und lief dann weiter.

Jeden Tag kam es vorbei, jeden Tag bekam es eine Kleinigkeit von den Buffettresten. Am meisten liebte es natürlich die kleinen Nussstückchen von den Törtchen.

Diese Minuten des Tages liebte das Mädchen. Sie liebte das kleine bezaubernde Tierchen und sie fühlte, dass diese Liebe erwidert wurde. Sie trug sie in ihrem Herzen und wann immer sie wollte, fühlte sie in sich hinein und flutete mit den wärmenden Strahlen dieser Emotion ihre verletzte Seele.

Wieder einmal sollte sie über den Hof laufen und die Milch aus der Scheune holen. Die Milchkanne ausschütten, das war der Lieblingsspaß der Steine. So lief sie los, wurde geschubst und brauchte viel Zeit für den kurzen Weg von Tür zu Tür. Sie füllte die Kanne und machte sich auf den Rückweg. Die Steine stießen sie herum, damit sie die Kanne fallen ließ. Gleichzeitig wuchsen andere unter der Kanne in die Höhe, um sie ihr aus der Hand zu schlagen.

Das Mädchen war verzweifelt. Der Weg war hart und lang. Sie dachte an ihr geliebtes Eichhörnchen und wärmte sich innerlich an diesem Gedanken.

Plötzlich stand sie vor der Tür zum Gasthaus. Erstaunt schaute sie sich um. Wie kam sie so schnell ans Ziel? Die Steine, über die sie gelaufen war, waren geschrumpft und lagen still nebeneinander auf dem Boden. Sie hatten die Augen geschlossen. Die anderen schwankten noch hin und her und sahen das Mädchen mit großen, Unverstehen widerspiegelnden Blicken an. Dann wurden auch sie kleiner und kleiner. Kein Wispern, kein Zischen war zu hören.

Das Mädchen wunderte sich, dachte aber nicht länger darüber nach. Die Arbeit wartete. Gerade war eine große Gruppe Reisender angekommen.

In der Küche scheuchte die Alte das Mädchen.

„Du bist zu langsam! Geh und koch Kaffee für unsere Gäste! Und vergiss nicht, unseren so berühmten hauseigenen Blechkuchen aufzuschneiden."

Den Anweisungen Folge leistend schnitt das Mädchen den Kuchen auf und lief dann zur Kaffeemaschine. Diese Arbeit war sehr schwierig, weil die Maschine kaputt war. Trotzdem sollte sie jeden Tag mit Ihr den Kaffee bereiten. Schaffte sie es nicht, gab es Schelte. Der durchsichtige Mann wollte kein Geld für eine neue Maschine ausgeben, so lange noch ein einziger Tropfen Kaffee aus der Maschine kam.

Wie jeden Tag reagierte die Maschine nicht auf den Knopfdruck. Das Mädchen war den Tränen nahe.

„Warum willst du nicht arbeiten? Ich werde dafür bestraft, nicht du!"

Sie wischte sich eine Träne von der Wange.

„Mädchen, ich will hier nicht arbeiten. Hier gibt es keine Liebe und Dankbarkeit, wenn du fleißig bist."

„Aber das stimmt doch nicht. Ich wäre dir sehr sehr dankbar, wenn du Kaffee kochen würdest."

„Mhm. Vielleicht könnte ich es dann tun. Aber ich habe eine Bedingung."

„Welche, sag!"

„Kannst du mich hier oben an der Platte ein wenig kraulen? Es ist bestimmt ein ungewöhnlicher Wunsch für eine Maschine, aber ich liebe es, wenn dabei das Wasser durch meine Leitungen fließt."

Suchend schaute sich das Mädchen um und fand einen

verbogenen Haken. Vorsichtig probierte sie ihn an besagter Stelle aus.

„Oh, oho, wie angenehm. Mach weiter, Mädchen, es tut so gut."
Die Maschine brummelte vor Vergnügen und der Kaffee floss duftend in die Kanne.

Das Mädchen war sehr aufmerksam. Freundlich bediente sie die Gäste, schenkte nach, räumte ab. Einer Dame fiel das besonders auf. Als die Gäste sich verabschiedeten, drückte sie dem Mädchen einen Taler in die schmale Hand.

„Danke für deine Aufmerksamkeit. Du liebst, was du machst. Verliere es nicht und erinnere dich daran, wenn es nötig wird."
Kaum hatten die letzten Gäste den Saal mit dem großen Kamin verlassen, schoss die Hexe auf das Mädchen zu. Sie riss ihr den Taler aus der Hand.

„Das gehört dem Herrn und mir. Du wolltest es wohl doch nicht behalten, dein Geschenk?"
An einem der Tage erschien ein groß gewachsener alter Mann im Gasthaus. Er wurde von der grauen Alten sehr zuvorkommend bedient.

„Bring ihm das Essen, Dummerchen. Aber sprich kein Wort, er mag das nicht. Das ist der Vater deines Herrn."
Gehorsam befolgte das Mädchen die Anweisungen, brachte das Essen, danach den Kaffee, den sie wieder aus der Maschine heraus gekitzelt hatte und all das ohne ein Wort zu sagen.

Als der Mann die Teller geleert und den Kaffee ausgetrunken hatte, rief er das Mädchen zu sich.

„Danke für deine Bedienung. Du bist sehr flink. Hier, der Taler ist für dich. Willst du mir noch verraten, warum du nicht sprichst? Nein, na gut. Dann lauf jetzt!"
Der große Mann nahm seinen Hut und verließ mit einem lauten Gruß das Gasthaus.

Schneller als man schauen konnte, stand die Alte neben dem

Mädchen und streckte die Hand aus.

„Aber, aber, er hat ihn mir geschenkt, den Taler."

„Unsinn! Her damit. Der gehört mir! Scher dich in die Küche und mach den Abwasch!"

Während das Mädchen spülte, erschien ihr kleiner puscheliger Freund im offenen Fenster.

„Gewöhne dich daran. Das ist hier immer so. Du machst die Arbeit und die beiden stecken sich deine Geschenke in die eigene Tasche."

Der Sommer war weiter gezogen und der Herbst war dabei, sich zu verabschieden. Es wurde kälter, nicht nur draußen, auch die Räume im Haus waren kalt. Nur im Saal brannte das Kaminfeuer. Und in der Küche war es natürlich immer mollig warm.

Der durchsichtige Mann brachte ein paar Tafeln in die Gaststube.

„Schreib das da auf die Tafeln."

Er legte einen Zettel vor das Mädchen hin. Es war eine Einladung zu einem großen Fest im Gasthaus.

Das Mädchen beendete erst ihre angefangenen Arbeiten. Urplötzlich spürte sie mehr, als das sie ihn sah, den Durchsichtigen neben sich.

„Du bist ein undankbares kleines Biest. Ich gebe dir Arbeit, lasse dich hier wohnen und essen und du machst, was du willst. Warum sind die Tafeln noch nicht fertig?"

Das Mädchen entschuldigte sich mit den anderen Arbeiten.

„Nichts da! Mach einfach, was man dir sagt."

Damit drückte er ihr die Kreide in die Hand und wendete sich zum Gehen.

„Warum seid ihr eigentlich durchsichtig, Herr. Man kann euch kaum sehen."

Der Herr blieb abrupt stehen, flog auf seinen Sohlen herum und schlug sie ins Gesicht.

„Das geht dich gar nichts an, Göre!"

Das Mädchen rieb sich die Wange und eine kleine Träne aus den Augen und begann, die Tafeln zu schreiben.

Die mühsamen Wege über den Hof mit den sie quälenden Steinen hasste sie so sehr. Mehrmals täglich schickte die Hexe sie in die Scheune, um etwas zu holen.

Beim nächsten Mal, als die schwarzen Schatten wuchsen und auf sie herab grinsten, kam ihr plötzlich der Gedanke, dass sie schon einmal verstummt waren. Sie versuchte sich zu erinnern, während sie sich durch die Steine durcharbeitete. Was war es nur, woran nur hatte sie gedacht. Ein Schatten weit oben erregte ihre Aufmerksamkeit. Es war ihr kleiner Spielgefährte, der im Wipfel eines der Bäume saß und sie ansah.

Ja, freilich, an das Eichhörnchen hatte sie gedacht, sich auf den folgenden Morgen gefreut und die Liebe zu diesem anderen Wesen in ihr Herz geholt.

Sie blieb stehen, das Schubsen hatte aufgehört. Die Steine unter ihren Füßen lagen still und unbeweglich. Die anderen bildeten eine stumme Mauer mit angsterfüllten Blicken. Das Mädchen holte dieses Gefühl der Liebe in ihr Herz und ließ es wachsen. Vorsichtig setzte sie einen Fuß vor den anderen. Aus den übermächtigen Steinen wurden kleine Kiesel unter ihren Füßen. Schnell und sicher kam sie zur Scheune, schnell und sicher ging es den Weg zurück.

In der Tür drehte sich das Mädchen noch einmal um und winkte ihrem kleinen roten Freund.

Sie behielt das Geheimnis für sich.

Abends in ihrem Kämmerchen dachte sie immer öfter über ihre Erlebnisse nach.

Sie hatte die Steine gebändigt und die Kaffeemaschine zu ihrer Freundin gemacht.

Sie fühlte in sich hinein, dachte auch an das Eichhörnchen und sah plötzlich eine Verbindung zwischen diesen Dingen und dem Tierchen. Das Eichhörnchen hatte sie einfach gern, den Wunsch der Kaffeemaschine hatte sie erfüllt. Die Freude darüber bewahrte sie in ihrem Herzen. Und das Gefühl hatte die Steine besiegt. Dieses Gefühl der Liebe und Verbundenheit war so großartig, dass ihre Seele jauchzte. Sie schaute in den Spiegel und sah ihre eigenen glänzenden Augen. Sie erinnerte sich an ihr Leben vor dem unheimlichen Gasthaus. Da hatte es viele solcher schöner Augenblicke gegeben.

„Schön, dass du dich erinnerst. Wach auf!"

Das Mädchen schaute sich um, sah aber niemanden.

„Ich bin hier! Schau in den Spiegel, dann kannst du mich sehen. Ich bin deine Seele."

Das Mädchen hob fragend ihre Schultern.

„Du hast mich in den letzten Wochen und Monaten vergessen. Du hast die Liebe vergessen. Heute hast du seit langem mal wieder die Verbindung zu mir hergestellt und hast instinktiv erkannt, was der Sinn des Lebens ist. Es fehlt aber ein kleiner Teil, um dich aus den Fängen der Hexe und dem durchsichtigen Mann zu befreien."

„Ich verstehe dich nicht! Was ist deiner Meinung nach der Sinn im Leben?"

„Was hattest du gerade für Gefühle? Waren es nicht Liebe und Dankbarkeit zu deinem kleinen Freund, zu deiner technischen Gefährtin auf Zeit?"

Nachdenklich nickte das Mädchen.

„Was fehlt dann noch und wie kann es mir helfen, von hier weg zu kommen?"

„Du hast jemanden vergessen, den du unbedingt lieben solltest."

„Meinen Vater? Meine Mutter? Die Familie?"

„Wer gehörte zu deiner Familie außer den Eltern, Großeltern, Tanten usw.?"

Sekunden reihten sich zu Minuten. Dann glomm der Schimmer der Erkenntnis in den Augen des Mädchens.

„Ich! Ich gehöre zur Familie."

„Liebst du deine Familie?"

„Was für eine Frage!"

„Liebst du dich?"

„Ja, sicher, selbstverständlich tue ich das."

„Du vergisst es aber, richtig? Und in den letzten Wochen hast du es überhaupt nicht getan. Du hast dich bedauert, sicherlich, aber nicht geliebt. Wer bist du, was kannst du und wer gibt dir das Recht, die Liebe zu dir hintenan zu stellen?

Denke über meine Worte nach und befreie dich selbst aus dieser Situation."

Das Mädchen dachte noch ein wenig nach, schlief endlich mit den lieben Gedanken an ihre Freunde ein.

Der kalte Morgen fand sie schon wieder bei der Arbeit. Aber etwas hatte sich verändert. Das Mädchen beobachtete sich selbst, jede ihrer Handlungen, genoss den stillen Weg über die Huckelsteine. Sie verrichtete ihre Arbeit, jedoch nach ihren eigenen Vorstellungen und ihrer eigenen Wichtung. Der Durchsichtige und die Hexe bemerkten ebenfalls die Veränderungen, hatten aber keine Erklärung dafür. Sie scheuchten sie, halsten ihr mehr Arbeit auf, ließen sie das nicht machen, was sie gern tat.

Kurz vor dem Weihnachtsfest wurde das Mädchen krank. Das ständige Hinaus und Hinein in die warmen Räume und den kalten Hof hatten ihr das Fieber gebracht. Sie fühlte sich schlapp und jede Arbeit ging ihr immer schwerer von der Hand. Es war sichtbar, dass sie krank war, aber keiner sagte einen Ton. Man ließ sie weiter schuften, stundenlang ohne Pause, schwere Töpfe bewegen, Kisten voll Holz oder Flaschen tragen. Ihr Herz begann zu schmerzen.

Am Abend in der Kammer dachte sie an ihr Zwiegespräch mit ihrer Seele.

Ganz sicher wollte sie nicht hier kaputt gehen. Sie hatte noch so viele Träume, so viele Sehnsüchte.

Sie wollte noch so viel lernen und von der Welt sehen.

„Ich liebe mich und so darf es nicht weiter gehen!"

„Jetzt hast du es verstanden. Nur, wenn du dich liebst und du dir am Wichtigsten bist, nur dann kannst du deinen Weg gehen, Menschen und Tiere lieben, diese Liebe ausstrahlen und in die Welt bringen."

Doch die Veränderung kam von der anderen Seite.

Am folgenden Morgen war das Mädchen nicht in der Lage, so schnell wie gewohnt das Frühstück zu bereiten.

„Was ist los mit dir?"

„Liebe Frau, mein Herz schmerzt und ich habe Fieber. Lasst mich etwas ausruhen, dann wird es besser gehen."

„Ausruhen? Glaubst du, wir füttern Faulpelze und Nichtsnutze durch?"

Die kaltherzige Alte riss ihr den Kittel vom Leib und stieß sie vor sich her durch die Küche, den Gastraum, schubste sie über den Hof bis zu einem winzigen Holzverschlag. Sie öffnete die Brettertür und schob das vor Kälte zitternde Mädchen hinein.

„Hier kannst du überlegen, ob du krank hier liegen willst oder lieber gesund in der Küche arbeiten möchtest."

Sie schlug die Tür zu und das Mädchen blieb in diesem kalten und dunklen Verschlag allein zurück.

Es schlang die Arme um den Körper, um sich ein wenig zu wärmen.

Plötzlich spürte sie ein Kitzeln an den Füßen. Als sie aufsah, erblickte sie ihren kleinen pelzigen Freund. Das Eichhörnchen legte eine Nuss vor sie hin. Dankbar griff das Mädchen danach.

„Willst du nicht endlich von hier fort?"

„Aber wie stelle ich das an?"

„Nun, hat nicht schon deine Liebe die Steine verstummen lassen?"

„Aber natürlich! Warum bin ich bis jetzt noch nicht darauf gekommen?"

„Du hast die anderen reflektiert und nicht an deine Kraft geglaubt."

„Und die Tür hier?"

„Ist eine Kleinigkeit. Hier ist eine Latte lose. Das Eichhörnchen lief zur Tür und schob sich durch die zwischen zwei Brettern entstehende Lücke hindurch.

Das Mädchen folgte ihm zum Eingang. Mit den klammen Fingern versuchte sie, die Lücke im Holz zu vergrößern. Es dauerte eine gefühlte Ewigkeit, bis das lockere Brett sich löste und das Mädchen durch die entstandene Öffnung hindurch kriechen konnte. Sie schlich sich zum Tor.

Das Tor begann bei der ersten Berührung zu wachsen. Das Mädchen richtete sich auf, den Kopf stolz erhoben und richtete alle ihre Gedanken auf die Liebe zu sich selbst und allem und jedem, was sie mochte.

Ein heller Schein schien aus ihr hervor zu kommen, umgab sie wie eine Hülle und wuchs in alle Richtungen. Als die Energie das Tor berührte, schrumpfte das zusammen zu seiner normalen Größe und sprang auf. Das Mädchen zögerte nicht, sah nicht zurück und durchschritt die Pforte, die sich hinter ihr sofort wieder schloss.

Im Haus hatte man bemerkt, was da vorging. Der Durchsichtige und die Alte kamen auf den Hof gerannt. Sie versuchten, in die Nähe des Mädchens zu kommen, aber die strahlende Hülle hielt sie davon ab. Hilflos mussten sie zuschauen, wie ihre Sklavin das Gasthaus einfach durch das Zaubertor verließ. Sie konnten ihr nicht folgen.

Das Mädchen stand jetzt vor den Mauern des unheimlichen Gasthauses. Es war jedoch finsterste Nacht und eisig kalt. Das Fieber schüttelte sie, hatte sie doch sehr viel Energie verloren bei ihrem Befreiungsversuch. Sie fühlte die Schwäche. Bevor sie das Bewusstsein verlor, bat sie eindringlich um Hilfe.

Doch wer sollte sie hier hören oder gar finden?

Die Kutsche rollte durch die Nacht.

Die Dame schaute aufmerksam aus dem Fenster.

„Halt an, Kutscher. Hier muss es sein!"

Das Gefährt kam zum Stehen. Das Eichhörnchen sprang auf den Weg, Die Dame stieg aus und hieß den Kutscher, ihr zu folgen. Das Eichhörnchen zeigte ihnen den Weg.

Der Mann trug das bewusstlose Mädchen zur Kutsche. Die Dame packte es warm ein. Das Eichhörnchen sprang neben den Kutscher.

„Flieg, Kutscher. Wir müssen uns beeilen."

Das erste, was das Mädchen sah, war ihr geliebter kleiner Freund. Der saß auf ihrer Brust. Von dort sprang er beim ersten Blinzeln ihrer Augen auf den Boden.

„Sie ist wach! Sie ist endlich wach!"

In der Tür erschien die Dame aus der Kutsche. Sie brachte einen Teller Suppe und ein paar Nüsse auf einem Teller mit. Das

Mädchen setzte sich auf, nahm die Suppe entgegen. Das Eichhörnchen setzte sich auf die Bettdecke und mopste sich eine der Nüsse.

„Ich kenne euch. Ihr wart im Gasthaus und habt mir einen Taler geschenkt und dabei etwas Merkwürdiges gesagt."

„Weißt du noch, was ich dir sagte?"

„Etwas mit Liebe und das ich es nicht vergessen sollte. Aber wer seid Ihr und wo bin ich?"

„Ich bin die Fee der Selbstliebe und du bist in meinem Heim. Du hast lange mit dem Fieber gekämpft. Doch nun wird alles gut. Und der kleine Nussräuber ist dein Freund und mein guter Geist."

Das Mädchen löffelte dankbar die wohlig heiße und stärkende Suppe.

„Ich habe so viele Fragen. Warum habt ihr mich damals nicht einfach mitgenommen?

Warum musste ich so viel Leid ertragen?

Warum ist der Herr des unheimlichen Gasthauses so farblos und durchsichtig?

Und warum haben sie mich nicht am Verlassen des Hofes gehindert?"

Die Selbstliebe lächelte.

„Ich bin immer da, jeder Zeit und überall. Für jeden Menschen. Ich kann euch aber nur helfen, wenn ihr mich seht, mich akzeptiert und mit mir leben möchtet. Ich kann nur Hilfestellungen geben, so wie bei meinem Besuch bei dir im Gasthaus, damit ihr mich erkennt. Den Weg zu mir müsst ihr selber finden.

Der Durchsichtige und die Hexe können ihren Gasthof nicht mehr verlassen, weil sie mich und meine Schwestern, die Dankbarkeit, die Ehrlichkeit, die Nächstenliebe und das Mitgefühl, verstoßen haben aus ihrem Leben. Das Leben aller Menschen, der Natur und den Tieren ist aber durch uns verbunden und funktioniert nur durch uns."

„Und der Herr, warum sieht er so aus?"

„Nun, der Herr des Hofes verliert durch seine Gier, sein Desinteresse an den Menschen und seinem übersteigerten Ego seine Menschlichkeit. Strahlt in einem Menschen keine Liebe mehr, in welcher Form auch immer, dann wird er farblos, dann verblasst er mit der Zeit, bis er irgendwann ganz verschwindet."

„Und die alte Frau? Warum ist sie noch nicht farblos?"

„Sie ist ihrem Herrn treu ergeben und profitiert von ihm."

Der Suppenteller war leer gegessen.

„Und was wird jetzt aus mir?"

„Erst einmal wirst du ganz gesund und in dieser Zeit überlegen wir zusammen, was du machen möchtest, was du liebst, zu tun."

Müde und zufrieden bettete das Mädchen ihren Kopf auf das Kissen. Die Fee der Selbstliebe deckte sie mit der Bettdecke liebevoll zu.

Und unser Eichhörnchen?

Das rollte sich am Hals des Mädchens fröhlich zusammen und lauschte den glücklich und harmonisch tönenden Herzschlägen seiner Freundin.

Ich versuchte, meine feuchten Augen vor meinem Gastgeber zu verbergen.

„Wie ich sehe, hat dir diese Geschichte sehr gut gefallen."

„Mir gefallen alle deine Geschichten. Die hier war aber so voller Liebe, das rührt mich eben."

Mein Zwerg hatte bereits wieder seinen schokoladigen Treibstoff in den Händen.

„Dafür bewahre und erzähle ich sie. Damit sich die Menschen an ihre Gefühle erinnern und sie hervorholen und spüren."

Ich sprang auf und organisierte noch eine Flasche köstlichen Traubensaft. Peranticus hob mir sein Glas entgegen. Er nippte am rubinroten Rebensaft. Ich hatte eine Frage.

„Deine Geschichten sind sehr vielschichtig. Meinst du, sie sind für Kinder geeignet?"

„Die Frage habe ich erwartet. Märchen oder zauberhafte Erzählungen sind nie nur etwas für Kinder. Jedes Alter nimmt seine spezifische Lehre daraus. Hast du noch nie eine Geschichte mehrmals gesehen oder gelesen in verschiedenen Lebensaltern?"

„Habe ich, ja."

„Ist dir dabei noch nie aufgefallen, dass dir dabei jedes Mal andere Dinge wichtig erscheinen oder eine Botschaft neu heraus sticht aus allem?

Ich nickte zustimmend.

„Siehst du, für Kinder ist die Zauberei wichtig, die gute Fee, die böse Zauberin, wie auch immer sie heißen. Sie wollen der starke Prinz oder die schöne Prinzessin sein. Für sie ist die Magie das Zentrum der Geschichte. Als Heranwachsender oder ausgewachsener Mensch siehst du die Dinge in einem anderen Licht. Da bekommen Namen eine Bedeutung, werden Dialoge plötzlich hinterfragt. Ein Märchen verliert nie seinen Zauber und jeder Mensch, ob Männlein oder Weiblein, hat in jedem Menschenalter einen ganz eigenen Bezug dazu."

„Du bist nicht nur ein Märchenerzähler, Peranticus, du bist auch ein hervorragender Philosoph. Doch sag mir, du Menschenversteher, hast du für mich armes, nach Magie dürstende Weiblein, eventuell noch Kraft für eine weitere Geschichte?"

Peranticus kicherte auf seine liebenswürdige Art. Ich schob ihm die Schale mit den Nougatstückchen in Reichweite, füllte sein Glas auf und drückte mich erwartungsvoll in meinen Sessel.

Der Unsichtbare

Das Gasthaus vereinsamte.

Verirrte sich der eine oder andere Reisende doch einmal an diesen Platz, blieb er nicht sehr lange. Die Hexenmutter zauberte die feinsten Gerichte, bezog mit einem Augenaufschlag die Betten. Die Zimmer räumten sich durch eine Handbewegung, die Wäsche war stets frisch gewaschen und gemangelt. Sahen die Besucher nach den Tieren, lag frisches Heu vor ihnen. Sie waren abgesattelt und gestriegelt. Das Gepäck stand auf den Zimmern. Alles war zur vollsten Zufriedenheit der Gäste. Und doch!

Die Menschen spürten, auch wenn sie keine Erklärung dafür fanden, dass es im Haus und auf dem Hof nicht mit rechten Dingen zugehen konnte. Nirgends, zu keinem Zeitpunkt, begegnete ihnen ein Mensch. Kein Knecht kam vom Feld, keine Magd lief eiligen Schrittes über den Hof, kein Herd glühte in der Küche.

Was sie jedoch am meisten verunsicherte, war die Tatsache, dass die alte Haushälterin mit jemandem zu sprechen schien. Traute sich ein Gast in die Nähe solch einer Szene, hörte er eine dunkle Männerstimme, die grollend Anweisungen gab oder Wünsche äußerte. Spätestens in diesem Augenblick suchten die Reisenden schleunigst das Weite. Sie trugen das Erlebte mit sich und so verbreiteten sich die Gerüchte im Land so schnell wie Pferde ihre

Reiter tragen können.

Der Wirt stand wieder einmal vor seinem Spiegel und betrachtete sich darin. Kaum waren noch Konturen zu erkennen. Er rief nach der Hausdame.

„Sage mir, du alte Hexe, du zauberst den ganzen Tag herum. Warum tust du nichts für mich? Mach mich sichtbar. Gib mir meinen Körper zurück!"

„Das kann ich nicht. Meine Zauberkräfte beschränken sich auf die alltäglichen Dinge. Die höhere Kunst wurde mir verweigert."

„Das gibt es? Warum?"

„Ich wurde als unwürdig betrachtet."

„Aha, aber wieso existieren dann so viele Beispiele, dass es nicht nur Hexen und Zauberer der guten Sorte gibt?"

„Jede Art der Zauberei hat ihre Berechtigung, so lange sie sich gegen die Menschen richtet oder für sie eingesetzt wird. Niemals jedoch darfst du dich gegen einen aus deinen eigenen Reihen mit einem Zauber vergehen. Die Zunft ist heilig."

„Weißt du unnütze Hexe denn wenigstens, wen ich fragen könnte?"

„Du, Gastwirt, bist nicht nur schlecht zu den Menschen, dir bedeutet es auch nichts, dass ich meine Zauberkräfte einsetze, um dir zu helfen. Das kränkt mich!"

„Papperlapapp! Tu nicht so mimosenhaft. Wer also kann mich zurück verwandeln?"

„Ich hatte mir selbst die Aufgabe auferlegt, bei meinen Töchtern zu bleiben. Doch da du nur dich selbst wertschätzt -"

„Dein Geschwätz interessiert mich nicht!"

Drohend hob der Gastwirt die Hand gegen die Zauberin.

„Das ist genug! Ich werde dir sagen, wer dir helfen kann. Deine selbstgefällige Verblendung jedoch, die dich die Hand sogar gegen das Übernatürliche erheben lässt, dulde ich nicht mehr!"

Bei diesen Worten streckte sich der gebeugte Körper der

scheinbar alten Frau. Vor dem überraschten Gastwirt erschien die Gestalt einer jungen, strahlend schönen Frau mit wallenden blonden Locken bis fast zur Erde. Sie wuchs in die Höhe und dabei wechselte der Schauplatz. Der Wirt fand sich plötzlich auf dem Hof wieder. Die Hexe überragte die Bäume um ein Vielfaches.

„Du Wicht von einem undankbaren Menschen, dem so viel Zauberei zu Gute gekommen ist bis heute! Gehe zum Weiher hinter diesem Wald. Dort findest du eventuell Hilfe. Doch du sollst nie wieder deinen Hof und das Gasthaus verlassen können. Für jetzt und immer und in alle Ewigkeit ist deine Seele an diesen Platz gebunden. Das soll die Strafe für dich sein!"

Es blitzte und donnerte. Aus dem sich verfinsternden Himmel stürzte ein riesiger Adler Richtung Boden. Ohne das er seinen Flug verlangsamte, schwang sich die Hexe auf seinen Rücken und verschwand im Dunkel des Augenblicks. Es war, als würden drei Schatten sich aus dem Boden lösen und ihrem Flug folgen.

Als der Himmel sich aufhellte, war der Wirt allein.

Er schaute sich um, dann zuckte er die Schultern.

„Was soll's! Zum Weiher hat sie gesagt?"

Der Weiher grenzte, wie die Hexe sagte, an den Wald, der noch zum Gut gehörte. Still und schmutzig lag er im Halbschatten der Bäume.

„Hey, ist da wer? Kann mich einer hören?"

Es blieb ruhig, keine noch so kleine Veränderung trat ein.

„Hat die dumme Hexe mich auch noch belogen, oder?"

„Das hat sie nicht. Aber was ist dein Begehr?"

„Wer spricht da? Na, egal, jedenfalls kannst du mich sehen."

„Dich nicht, aber deine schwarze Seele, hihihi."

„Hör auf zu lachen und mach meinen Körper wieder sichtbar."

„Hast du nicht etwas vergessen?"

„Ach ja, die Bezahlung. Wie viel willst du, ich bin reich."

„Ich hatte eher an das Zauberwort gedacht, aber gut. Wenn ich dir helfen soll, musst du zu mir herabsteigen."

„Wohin, herab?"

„Du dummer Mensch, in den Weiher natürlich."

„In diesen dreckigen Tümpel? Ohne mich!"

„Dann, Adieu, Unsichtbarer."

„Nein, warte! Ich … ich komme ja."

Zögernd setzte der Gastwirt einen Fuß vor den anderen, bis seine Schuhspitzen das Wasser berührten. Als es über den Knöchel schwappte, zuckte er zusammen.

„Ist reichlich kalt, dein Tümpel."

„Für mich ist es genau richtig. Komm nur."

Der Wirt machte zwei Schritte mehr, als der Boden unter seinen Füßen verschwand. Ohne Vorwarnung versank er in den trüben Wassern, begleitet vom Hohnlachen seines Gesprächspartners.

Nach kurzer Zeit fanden die Füße bereits wieder Halt. Der Gastwirt versuchte, sich umzuschauen. Weit konnte er nicht blicken.

„Da bist du ja, Wirt. Beim Betrügen zögerst du nicht so lange, habe ich Recht?"

Der Stimme folgend drehte der Wirt sich um. Vor ihm stand ein Wesen auf zwei Beinen, über und über mit Schuppen bedeckt, auch das Gesicht. Algen umschwebten ihn, aus dem Kopf wachsend, statt der Haare. Seine Klubschaugen erinnerten eher an einen Frosch, seine Arme waren kürzer als die eines Menschen. Zwischen seinen Fingern und Zehen fanden sich Schwimmhäute.

„Bist du fertig mit dem Glotzen? Glaub nicht, dass du so viel besser aussiehst, dafür, dass du kaum noch sichtbar bist. Kommen wir zum Geschäft. Ich helfe dir bei der Sichtbarmachung und du gibst mir das Wertvollste, was du besitzt."

„Mein Geld, mein Vermögen?"

Der Geizkragen versank ins Grübeln.

´Dir bleibt der Gasthof. Du kannst sofort wieder Geld verdienen. Ist gar keine so schlechte Abmachung.´

„Nun?"

„Ich bin einverstanden, Hand drauf!"

„Einen kleinen Moment noch. Ein Handschlag gilt unter ehrlichen Kaufleuten. Das bist du aber nicht. Ich bin dafür, ein ordentliches Vertragswerk aufzusetzen."

Der Schuppenmann schwang sich herum und schwamm davon. Jetzt erst bemerkte der Wirt auch den schuppigen Echsenschwanz, der sich hin und her schlängelnd die Geschwindigkeit der Bewegung vorgab. Mit einem Stück Walfischhaut und einem Tintenfischtentakel kam er zurück. Er formulierte den Schriftsatz, unterzeichnete ihn und reichte ihn sodann an den Gastwirt weiter. Der unterschrieb, ohne nochmals zu lesen.

„Du hast es sehr eilig, Unsichtbarer. Doch nun zu dir. Finde einen Mann, möglichst jung und kräftig. Das ist wohl selbsterklärend. Gib ihm diesen Trank. Bei Genuss desselben fällt der Mensch in einen todesähnlichen Schlaf. Dabei sind dann Körper und Seele nicht mehr so fest miteinander verbunden. Es ist ein Leichtes, die ein wenig benebelte Seele aus ihrem Gefäß zu verdrängen und selbst darin Platz zu nehmen."

„Das ist alles? Klingt sehr einfach."

„Ist es auch. Deine Herausforderung besteht darin, dass dieser Mensch deinen Hof betreten muss."

Der Wirt winkte ab.

„Das lass meine Sorge sein."

„Ist es eh. Doch nun hinauf mit dir, damit ich meine Belohnung sehr bald einfordern kann."

Mit einem Lassoschwung wand sich der Echsenschwanz um den Wirt und schleuderte ihn kraftvoll nach oben. Er durchbrach die Wasseroberfläche und kam fast an der Stelle zum Stehen, an der er versunken war. Schnell setzte er noch drei Schritte nach hinten. Seinen Weg zurück zum Gasthaus begleitete das hämische Lachen des Schuppenmannes.

Der Wirt machte sich sofort an die Arbeit. Er entnahm einer seiner übervollen Truhen eine Hand voll goldener Taler und streute sie vom Tor über den Weg bis hinein in die Gaststube.

Lange musste er nicht warten. Doch sein Besucher entsprach nicht seinen Vorstellungen. Es war ein vom Alter und der Arbeit gebeugter Greis. Noch auf dem Weg zum Gastraum erschreckte er ihn und der Alte nahm Reißaus, mit drei Talern in den knochigen Fingern.

Der nächste Besuch war ein zwar reizendes Kind, aber ein Mädchen. Auch das ging natürlich nicht. Er sprach sie bereits am Tor von der Seite an. Ein spitzer Schrei erklang, als das Mädchen keine Person zur Stimme sah. Der Wirt hielt sich vor Schreck die Ohren zu. Die kleine zarte Person stob davon und verlor beim Laufen den einzigen Taler, den sie aufgelesen hatte.

Einige Tage vergingen. Kaum einer traute sich in die Nähe des Hofes, hatte man doch sagen hören, dass es nun auch noch spuken würde. Ein junger Bursche machte Halt im Dorf. Er war ein Dieb und ständig auf der Suche nach Dingen, die sich lohnten, gestohlen und veräußert zu werden. Er hörte vom Spuk und den angeblich herum liegenden goldenen Talern.

Er wartete die Nacht ab und schlich sich zum Tor. Die Talerchen wollte er schon einsammeln. Vor dem Spuk fürchtete er sich nicht.

Der Wirt sah den unerschrockenen jungen Mann näher kommen.

`Das ist der Richtige.´

Er beobachtete den Burschen beim Aufklauben der Goldstücke und wartete, bis der die Gaststube betrat.

„Du bist sehr mutig."

Nur für eine einzige Sekunde tat das Herz des Diebes einen

unruhigen Schlag.

„Ihr seid leichtsinnig, das Gold so herum liegen zu lassen."

Der Unsichtbare lachte.

„Du bist nach meinem Geschmack, Bursche. Da du so mutig bist, will ich dir ein Geschenk machen."

„Nur her damit, du Stimme aus der Nacht."

„Siehst du das Fläschchen auf dem Kaminsims? Trinke daraus und ab sofort hast du immer Geld in deinen Taschen."

„Warum wollt ihr mir dieses Geheimnis eröffnen und mich damit beschenken?"

„Ich sagte doch, du gefällst mir. Mit dieser guten Tat kann ich mich selbst aus dem Dunkel befreien. Für dich das Gold, für mich Sichtbarkeit."

„So haben wir beide etwas davon. Mehr will ich gar nicht wissen. Geschenktem Gaul guckt man nicht ins Maul, so sagt doch der Volksmund."

Der Dieb nahm das Fläschchen vom Sims und trank es auf einen Zug leer. Schnell nahte sich ihm Mütterchen Müdigkeit. Er setzte sich auf einen Stuhl.

„Ich ruhe mich ein wenig aus. Wenn ich erwache, kann ich dich sehen und vor allem viele, viele Talerchen in meinen Taschen."

Damit schloss er die Augen.

Der Wirt wartete ab. Was würde geschehen?

Nach langem Warten glaubte er, über dem Körper des jungen Mannes einen Schatten zu sehen, der unschlüssig darüber schwebte. Mit einer schnellen Bewegung warf sich der Wirt über den Körper des Besinnungslosen.

„Lass mich ein in deinen jungen kräftigen Körper, auf dass ich wieder sichtbar unter den Menschen wandeln kann. Hinweg mit dir, du unscheinbares Ding von einer Seele. Ab sofort gehört dieser Körper mir!"

Seine zutiefst schwarze Seele, denn nur das war von ihm noch übrig, presste sich in den Körper hinein. Die arme kleine ursprünglich in ihm ruhende Seele konnte nur zusehen und entschwebte dann, um in das Meer der Seelen zurückzukehren und auf eine neue Gelegenheit zu warten.

Die Seele des Wirtes verband sich mit dem Körper des Diebes. Immer freudiger spürte der Wirt die sich steigernde Festigkeit. Er konnte seine Arme und Beine sehen und eilte zum Spiegel. Er sah hinein und ein Siegerlächeln erschien auf seinem Gesicht.

„Da bin ich wieder, ein Mensch unter Menschen. Der Einsatz hat sich gelohnt."

„Es freut mich, das zu hören!"

Hinter dem Wirt erschien im Spiegel das schuppige Gesicht des Tümpelmannes.

„Ich komme, um meinen Lohn einzufordern, wie wir es aufgeschrieben haben in diesem Vertrag."

„Ja,ja, geh nur. Da hinten ist die Kammer mit den Truhen voll Gold. Ich mache neues, weil das Gasthaus wieder leben wird."

„Dein Gold will ich nicht."

Der sichtbare Wirt drehte sich zu seinem Gesprächspartner.

„Das war doch aber der Gegenwert für deine Hilfe."

„Du irrst dich, Wirt. Lass uns nachschauen, was wir vereinbart haben. Hier steht es:

„Im Gegenzug erhalte ich das Wertvollste, was der Wirt besitzt."

„Siehst du, gerade hast du es selbst vorgelesen. Das Wertvollste und das ist nun mal mein Gold."

Der Schuppenmann begann grässlich zu Lachen. Sein Gesicht verzerrte sich. Hässlich und gemein wurden seine Züge.

„Dir ist nicht mehr zu helfen, Wirt. Du stellst deine Gier über alles und vergisst dabei dich selbst. Was ist das Wertvollste, was ein Mensch besitzt? Nun? Es ist dein Leben, du Depp!"

Den Wirt schwindelte.

„Aber das habe ich doch gerade mit unserem Abkommen wieder

erlangt. Es kann doch nicht sein, dass du mir etwas gibst, um es mir einen Augenblick später wieder zu nehmen?"

„Warum geht das nicht? Hast du nicht dein ganzes Leben lang so gehandelt? Hast du nicht immer wieder Versprechungen gemacht deinen Leuten gegenüber, den Dörflern, um schon bei der Aussprache zu wissen, dass du sie nie einhalten wirst? Hast du nicht gerade wieder einem Menschen ohne Skrupel das Leben genommen, weil es dir nützlich ist? Sicher, er war ein verdorbenes Subjekt, aber wer bist du, das du über Leben und Tod entscheidest! Du bist nicht nur gierig. Du denkst auch, du weißt und kannst alles, nicht wahr? Hast du wirklich geglaubt, es gäbe keinen Meister über dir?"

Der Wirt sank auf die Knie.

„Aber das war doch die einzige Möglichkeit, die du geboten hast."

„Das ist schon wieder eine Lüge. Hättest du nicht ablehnen können? Es gibt immer mehrere Möglichkeiten. Bei einem Nein von dir wäre eine andere Lösung vorhanden gewesen."

„Wie geht es? Ich mache es wieder gut! Nur lass mich am Leben, was auch immer es kostet. Du kannst mein Gold haben, den Hof, alles!"

„Nicht einmal jetzt kannst du klug handeln, ganz zu schweigen von einer Bitte für dein klägliches, unsagbar kleines und nutzloses Leben! Du hattest so viele Chancen, dich zu ändern, auf die Menschen zuzugehen. Zu guter Letzt hast du einen Vertrag unterzeichnet und ich nehme mir jetzt, was mir zusteht. Wir haben genug geredet. Ich vertrockne noch in deiner Gegenwart. Mich dürstet nach meinem vorzüglichen Tümpelwasser."

Der Schuppenmann löste sich in Luft auf. Im selben Augenblick trennte sich auch die gierschwarze Seele des Wirtes vom eben bezogenen Körper, der zu Staub zerfiel.

Seit diesem Tag irrt der Unsichtbare durch das immer weiter verfallende Gemäuer, was einmal ein reicher Gasthof war. So oft er auch versucht, das Gelände zu verlassen, so oft schlägt seine Flucht fehl. Menschen und Tiere meiden den Ort. Die Menschen, weil sie manchmal eine Stimme zu hören glauben und sich ängstigen. Die Tiere, weil sie die dunkle Seele sehen können.

Manchmal treibt der singende Hund sie aus einer Laune heraus über die Wiesen, durch den Wald bis zum Tümpel. Sein triumphierendes Bellen schallt dann über das ganze Dorf.

Das Versprechen

„Puh, jetzt ist er also weg und doch nicht weg. Aber wenigstens kann er niemanden mehr runter machen oder quälen. Das hört sich aber auch sehr nach dem Ende aller Geschichten um das Gasthaus an."

„Da kann ich dir nur in allen Punkten zustimmen, meine Liebe."

Dann durchzuckte es mich schmerzlich.

„Das bedeutet im Umkehrschluss, dass du wieder auf Reisen gehst, Peranticus?"

„Ja, das heißt es wohl. Ich bin aber, ehrlich gestanden, bereits auch ein wenig hibbelig. Ich habe dir doch von unserer Hüterin erzählt. Erinnerst du dich? Ja? Nun sie erwartet mich mit vielen neuen Erzählungen, auf die ich gespannt bin wie ein Bogen vor dem Schuss. Das wirst du als meine Lieblingszuhörerin ja am besten verstehen. Und schließlich ist das Sammeln aller jemals erfundenen Geschichten meine Aufgabe, so lange die Welt existieren wird.

Also, fülle uns noch einmal die Gläser, lass uns anstoßen auf unsere tolle Freundschaft. Wenn ich zurückkehre zu meiner Kiste und zu dir, kannst du dich wieder auf sagenhafte, märchendurchwobene, mit Zauberei und Magie angefüllte neue Geschichten freuen. Außerdem weiß ich, dass du alle von mir gehörten Geschichten treulich notierst, damit viele andere Menschen in den Genuss der Erfahrung kommen. Du brauchst also ebenso Zeit von mir wie ich von dir. Wir gehen uns nicht verloren."

Wir stießen miteinander an und leerten schweigend unsere Gläser. Mit einem Zwinkern und einem warmen Lächeln verschwand Peranticus vor meinen Augen.

Wider Erwarten schlief ich tief und traumlos.

Am Morgen setzte ich mich an den Schreibtisch und begann, meine Gedanken zu ordnen. Plötzlich schwebte mein Schaltuch vom Sessel hoch auf mich zu, legte sich wieder um meinen Hals. Eine kleine unsichtbare Hand zupfte es zurecht und dann empfing ich einen lieben sanften Abschiedskuss auf meiner Wange.

Glücklich begann ich zu schreiben.

- ENDE -

Weitere Bücher der Autorin

Der Zauberspiegel
Rhodos - Märchen und Geschichten

Wendländische Märchenkiste
oder Peranticus erzählt; Teil 1

Vampire auf vier Pfoten
Teil 1: Ein Husky auf Rhodos

Der magische Stift
oder Mein Leben bewegen und positiv leben

Webseite: www.wortjuwel.de